Ildikó von Kürthy, geboren 1968, lebt in Hamburg und ist Journalistin beim «Stern». Ihr erster Bestseller «Monscheintarif» (rororo 22637) hat sich über eine Million mal verkauft und wurde fürs Kino verfilmt. Auch «Herzsprung» (rororo 23287) und «Freizeichen» schafften auf Anhieb den Sprung auf die Bestsellerliste.

Im Wunderlich Verlag erschien 2004 der Roman «Blaue Wunder».

ILDIKÓ VON KÜRTHY

# Freizeichen

Roman

Rowohlt Taschenbuch Verlag

Einmalige Sonderausgabe
April 2005

Veröffentlicht im Rowohlt Taschenbuch Verlag,
Reinbek bei Hamburg, Mai 2004

Der Rowohlt Verlag dankt der NetCologne GmbH
für die freundliche Genehmigung, den geschützen Titel
«Freizeichen» für dieses Werk zu verwenden.

Umschlaggestaltung any.way, Hamburg
(Foto: Georg Bechstädt)
Druck und Bindung Clausen & Bosse, Leck
Printed in Germany
ISBN 3 499 24065 3

Für Sven ♥

**«Ich kann nicht verhindern,
dass ich älter werde,
aber ich kann verhindern,
dass ich mich dabei langweile»**

Endlich habe ich genau das Problem, das ich immer haben wollte. Ich hatte wirklich nicht mehr damit gerechnet. Wahrscheinlich ist es mit attraktiven Problemen wie mit attraktiven Männern: Man begegnet ihnen durch Zufall und immer erst dann, wenn man die Hoffnung schon aufgegeben hat.

Und ich, ich hatte die Hoffnung aufgegeben. Gestern stand ich noch mit Übergepäck und Übergewicht am Hamburger Flughafen. Vor mir sieben Tage, die ich zum intensiven Bräunen und Nachdenken über die wesentlichen Störfaktoren meines Lebens nutzen wollte: meine Frisur, meine Figur, meine Beziehung.

Nicht, dass es an meinem Dasein wirklich was auszusetzen gegeben hätte. Alles so weit in Ordnung. Aber mit dem Leben ist es wie mit Jeans: Nur weil du die Marke gefunden hast, die gut sitzt und an den Hüften nicht unnötig aufträgt, heißt das nicht, dass du sie dein Leben lang tragen wirst. Ich hatte fünf Donna Karan-Jeans und seit Jahren den Haarschnitt und den Mann, die zu mir passten. Verdammt, es wurde Zeit, was Neues auszuprobieren, etwas zu wagen, Abenteuer zu erleben, statt nur von ihnen zu träumen. Wovon soll ich meinen Kindern eines Tages sonst erzählen? Mama hat keinen «Tatort» verpasst?

Manchmal reicht es einer Frau eben nicht, sich bernsteinfarbene Strähnchen färben zu lassen, um sich leben-

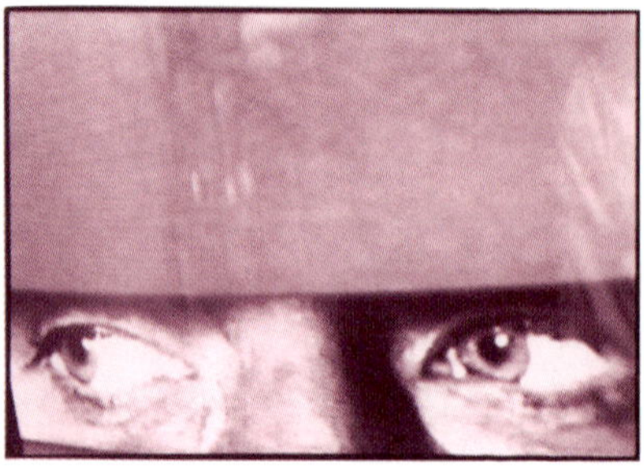

dig zu fühlen. Manchmal reicht es nicht, die Telefonrechnung nicht zu bezahlen, um das Leben für abenteuerlich zu halten. Und manchmal reicht es nicht, sich großmaschige Netzstrumpfhosen zu kaufen, um sich sexy zu finden. Nein, manchmal reicht das alles nicht.

Ich fasste den festen Vorsatz, meinem Lebensabend mehr Glanz zu verleihen. Meine Überlegung beim Kofferpacken: Ich kann nicht verhindern, dass ich älter werde – aber ich kann verhindern, dass ich mich dabei langweile. Ja, ich hatte mich lange genug damit begnügt, pinke Wimperntusche für eine wagemutige Abwechslung vom Alltag zu halten. Ich würde den Traum wahr machen – stellvertretend für alle von ihrer Beziehung und dem Fernsehprogramm am Samstagabend gelangweilten Frauen. Ich würde aufbrechen. Einfach gehen. Wortlos. Ohne mich umzudrehen. Allein. In ein fernes Land. Mutig. Stolz.

Ich fühlte mich wie ein Pionier, der seine Wasserflasche füllt, seine Decke zusammenrollt und losreitet, um den Wilden Westen Amerikas zu erschließen. Ich griff nach Nagelhautentferner und Slipeinlagen und schloss entschlossen meinen Koffer. Sieben Tage Mallorca im Haus meiner großartigen Tante Gesa Matuschke lagen vor mir.

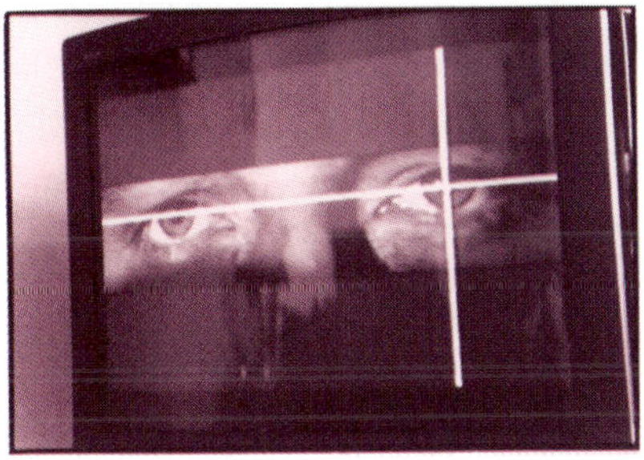 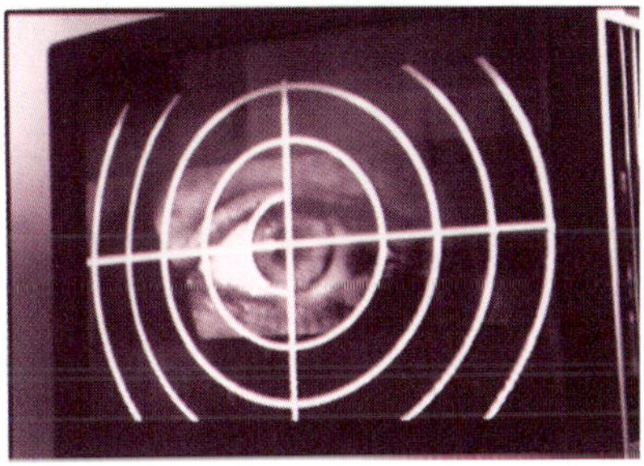

Und jetzt sind erst vierundzwanzig Stunden davon vorbei, und schon ist nichts mehr so, wie es war.
Ich liege mit meinen hochkarätigen Sorgen am Pool und beneide mich selbst. Manchmal säuselt der Wind in den Palmen, als würde ein Liebhaber heiser meinen Namen hauchen. Häh? Als würde ein Liebhaber heiser meinen Namen hauchen? Geht's noch? Spinn ich, oder was? Ach, ich kann nichts dafür, eine Frau empfindet einfach jedes Geräusch als Liebeserklärung. Vorausgesetzt, sie hat mit einem derartig luxuriösen Problem zu kämpfen wie ich.

Denn ich bin eine Frau, die sich nicht entscheiden kann! Ich habe nicht nur die schwere Wahl zwischen Sonnenschutzfaktor acht und zwölf, zwischen Liegestuhl oder Luftmatratze, zwischen Wasser mit oder ohne Kohlensäure. Nein, ich habe die Wahl zwischen zwei Männern! Ich möchte das noch einige Male wiederholen, um dieses Hochgefühl auszukosten. Es handelt sich hier um einen Satz, den sonst nur glutäugige Schauspielerinnen mit guten Figuren in schlechten Filmen sagen dürfen:

Ich kann mich zwischen zwei Männern nicht entscheiden.

*Ich kann mich zwischen zwei Männern nicht entscheiden.*

Was für eine wundervolle Ruhe, was für eine reife Freude mich bei diesem Gedanken überkommt. Ja, ich würde sagen, ich habe mich in den letzten zwölf Stunden in die Liga der superlässigen Frauen hochgespielt, die Sachen sagen wie: «Ich bin zum dritten und sicherlich nicht zum letzten Mal verheiratet.» – «Ich bin reich, also muss ich nicht mehr schlank sein.» – Oder eben: «Ich kann mich zwischen zwei Männern nicht ...»

«Schätzchen, du hast ganz schön zugenommen.»

Hä? Was? Reife Freude weicht millisekundenschnell hektischer Scham, die sich in unkoordiniertem Zupfen am Bikinihöschen äußert.

«Äh, ja, stimmt. Ich habe vor vier Monaten aufgehört zu rauchen. Weißt du, Gesa, da nimmt man ganz automatisch zu, weil sich der Stoffwechsel verlangsamt, da kann man praktisch gar nichts dafür, aber das soll sich nach einem Jahr wohl wieder normalisieren.»

«Quatsch. Was man in deinem Alter zunimmt, dass nimmt man nicht mehr ab. Du bist doch jetzt schon über dreißig, oder? Siehst du. Was für eine blödsinnige Idee, mit dem Rauchen aufzuhören. Jetzt entscheidet sich, welche Figur du in zehn Jahren haben wirst. Ist dein Freund wenigstens auch moppelig?»

«Äh, nein, eigentlich nicht. Du, ich geh kurz ins Haus, ich habe ein Sandkorn hinter meiner Kontaktlinse. Bin gleich wieder da.»

Moppelig? Moppelig! Also ehrlich, das hat noch nie jemand über mich gesagt. Wenn ich meine Freundin Mona frage, ob man denn schon sehen könne, dass ich zugenommen habe, sagt sie immer: «Vielleicht ein bisschen, aber das verteilt sich bei dir gut.» Und wenn sie mich fragt, ob sie zugenommen hat, dann sage ich immer: «Vielleicht ein bisschen, aber das verteilt sich bei dir gut.» Was nicht so ganz stimmt, weil Mona grundsätzlich nur an der unteren Körperhälfte zulegt. Das heißt, dass an schlechten Tagen ihre schmalen Schultern nur halb so breit sind wie ihre ausladenden Hüften. Sie sieht dann ein wenig so aus wie diese Figürchen, die eine Klingel im Bauch haben und sich immer wieder aufrichten, egal, wie man sie hinlegt. Aber das würde ich ihr natürlich nie sagen.

So machen das Freundinnen untereinander. Das ist ein ungeschriebenes Gesetz. Denn erstens will man die andere nicht kränken, und zweitens will man unter keinen Umständen, dass die andere abnimmt und dadurch das Fortbestehen der Freundschaft gefährdet. Kann es eine innige Beziehung zwischen zwei Frauen geben, von denen eine keine Figurprobleme hat? Die Antwort ist natürlich NEIN. Wobei schon die Frage rein rhetorisch zu verstehen ist: Es gibt keine Frauen, die keine Figurprobleme haben.

Tante Gesa hat mich im Gästehaus einquartiert, mit Blick aufs Meer und einem großen Spiegel im Badezimmer, vor dem ich mich gerade detailliert begutachte. Moppelig? Das erscheint mir doch arg übertrieben. Natürlich gehen dreieinhalb Kilo nicht spurlos an einem vorüber. Ich würde sagen, etwa fünfhundert Gramm davon haben sich in meinem Bauchgewebe niedergelassen, zwei Kilo auf Hüften und Po, und der Rest bereichert meine Oberschenkel. Ben sagt immer, er liebe jedes Pfund an mir, und ich sähe sehr gesund aus. Kurz überlege ich, mich für ihn zu entscheiden. Letztens allerdings, als ich ihn im Freibad bat, mir Rücken und Beine einzucremen, sagte er: «Bei dir hat man damit ja jedes Jahr mehr zu tun.» Ich musste leider lachen. Aber ins Wasser bin ich an diesem Tag nicht mehr gegangen.

Ich gehe zurück zum Pool und beschließe, meine dreieinhalb Kilo Nachschlag mit Würde zu tragen. Ich meine, schließlich habe ich zwei Männer zur Auswahl, und ich könnte wetten, dass beide nicht ausschließlich an meinen inneren Werten interessiert sind. Zumal mich der eine fast nur von außen kennt und der andere mich eindeutig trotz meines Charakters liebt – und das seit viereinhalb Jahren. Das ist Ben.

Ben ist siebenunddreißig und Computer-Spezialist. Mir ist klar, dass man nach viereinhalb Jahren keine erotischen Phantasien mehr bekommt, wenn man die Boxershorts des Lebensgefährten vom Wäscheständer nimmt.

Der andere heißt Robin, und ihn kenne ich erst seit vierundzwanzig Stunden. Und mir ist auch klar, dass man nach so kurzer Zeit geistig unzurechnungsfähig ist, keine weit reichenden Entscheidungen treffen sollte und sogar der Anblick eines Garagentores heftigstes sexuelles Verlangen auslösen kann.

Ich sollte versuchen, einen klaren Kopf zu behalten, die Geschehnisse des vergangenen Tages aufzuarbeiten, sachlich zu bewerten und dann einen Reaktionsplan zu entwerfen. Für derlei konzentriertes Nachdenken scheint die rote Luftmatratze, die neckischerweise einem Handy nachempfunden ist, der passende Arbeitsplatz zu sein.

Ich hieve meinen Körper, dessen Gewicht ich nicht einmal unter schlimmster Folter verraten würde, auf die Matratze. Ich habe nämlich, das hat mir ein Arzt bestätigt, schwere Knochen, und die reine Kilozahl erweckt da einen ganz falschen Eindruck. Ich schließe die Augen. Maximale Sachlichkeit, darauf kommt es jetzt an. Es wundert mich nicht wirklich, dass ich keinen einzigen klaren Gedanken fassen kann. Weil mir sofort dieser ganz unglaubliche Kuss in den Sinn kommt. Schon die Erinnerung an ihn ist so wuchtig, dass es mich fast vom Gummihandy haut.

Zugegeben, erste Küsse sind meist sehr aufregend. In jedem Fall viel aufregender als zum Beispiel der erste Sex. Was schlicht daran liegt, dass man beim Küssen weniger falsch machen kann. Man hat es schließlich nur mit einer lokal sehr begrenzten erotischen Zone zu tun: Lippen und Zunge. Andererseits ist es verblüffend, was auf so kleinem Raum doch alles schief gehen kann. Wir alle kennen sie doch, die Übereifrigen, die es darauf anlegen, einem mit der Zunge das Zäpfchen zu kraulen. Oder jene, die es für erotisch halten, beim Küssen in möglichst wenig Zeit möglichst viel Speichel von A nach B zu transportieren. Blöd auch, wenn in Folge von Ekstase die Schneidezähne aufeinander krachen oder man nicht mehr genug Zeit hatte zu schlucken und einem dann die Speisereste aus der Backentasche rausgeknutscht werden. Igitt. Genug davon.

Nüchtern betrachtet war gestern der bisher aufregendste Tag meines Lebens, der mir nicht nur Dauerherzrasen und Dauergrinsen beschert hat, sondern auch vorübergehend einen neuen Vornamen. Aber der Reihe nach. Denn der Anfang war alles andere als erfreulich.

## «Will heißen: eher wenig Busen bei eher breitem Kreuz»

Es ist Montagmorgen, und ich stehe am Flughafen von Palma de Mallorca. Ich bin seit neuestem einunddreißig, stecke in einer alles entscheidenden Lebenskrise, und als sei das nicht schon schlimm genug, habe ich, Annabel Leonhard, auch noch meinen verdammten Koffer verloren. In einem dicken Strickpullover warte ich vor einem leeren Gepäckband auf einen Koffer, der nicht kommt und der immerhin zwanzig Euro Gebühr für sechs Kilo Übergepäck gekostet hat. Ich bin noch niemals ohne Übergepäck verreist. Ich bin nicht dazu in der Lage, mich auf das Nötigste zu beschränken. Und das in jeder Hinsicht.

Langsam frage ich mich, warum sich das bescheuerte Band überhaupt noch dreht. Wahrscheinlich, um mich zu verhöhnen. Wahrscheinlich, um mir klar zu machen, dass mein Plan gescheitert und mein kühnes Vorhaben schon im Keim erstickt ist. Dieses Gepäckband, das meinen Koffer nicht hergeben will, sagt mir, dass ich mein Leben nicht verändern kann. Mein Leben verändert sich ganz von selbst. Ich bin bloß Zuschauer. Ich darf nehmen, was kommt. Was nicht kommt, ist mein Koffer.

«Phuket.»

«Wie, Phuket?»

«Ihr Koffer ist versehentlich in Thailand gelandet.»

«Wann wird er denn hier sein?»

«Keine Ahnung. Rufen Sie morgen diese Nummer an.»

Im Gegensatz zu mir ist der Flughafenangestellte die Ruhe selbst. Kein Wunder. Er befindet sich ja auch nicht in einem fremden Land ohne Bikini und ohne Nachtcreme. Den abenteuerlichen Aufbruch in mein neues Leben hatte ich mir total anders vorgestellt. Ich bin enttäuscht, werfe dem Mann einen vernichtenden Blick zu, versuche die Ankunftshalle möglichst würdevoll zu verlassen und mir dabei einzureden, der Verlust meines Koffers sei im Grunde eine Art Befreiung von alten Fesseln und ein außerordentlich positives Signal für meine geplante Runderneuerung. Allerdings löst das nicht die Frage, wie ich ohne meine Augenbrauenpinzette und mein Handy-Ladegerät zurechtkommen soll.

Ich steige in ein Taxi und spüre nichts. Keine Vision, kein spirituelles Erlebnis. Nichts dergleichen. Ein trostloser Moment mit trostlosen Aussichten. Ich betrachte nachdenklich den spärlich behaarten Hinterkopf meines mallorquinischen Taxifahrers. Was ihm obendrauf an Haar fehlt, kommt ihm umso mehr aus den Ohren gesprossen. Kein schöner Anblick. Ich schaue lieber raus. Jetzt, Mitte September, ist die Insel schon reichlich vertrocknet. Die Farben sind verblasst, so wie auf einer alten Fotografie. «Wie mein Leben», denke ich in einem gewagten poetischen Anfall.

Ich meine, ich hatte mich selbst und mein Leben nie für etwas Besonderes gehalten. Eher für ziemlich normal. Immer, wenn ich meinen Lebenslauf irgendwo abgeben musste, habe ich mich ein bisschen geschämt, weil er bloß so kurz war. Habe mir dann immer imposante Hobbys wie Paragliding und Hochseefischen und Kafkalesen ausgedacht, um wenigstens eine halbe DIN-A4-Seite zu füllen.

Vieles an mir ist relativ unauffällig. Ben findet mich zwar neurotisch, aber alle Männer finden alle Frauen neurotisch. Ist also auch nichts Besonderes und wahrscheinlich von ihm nur nett gemeint.

«Annabel, jetzt spinnst du völlig», sagt er zum Beispiel immer, wenn ich mit meiner riesengroßen Gucci-Tüte zum Shoppen gehe. Meiner Erfahrung nach werden Frauen, die riesengroße Gucci-Tüten bei sich tragen, besonders zuvorkommend behandelt. Ist doch klar, die Verkäuferinnen denken, man sei reich und in allerbester Kauflaune und brauche vielleicht jetzt noch formschöne Schuhe oder einen passenden Seidenschal zu diesem riesengroßen, mit Seidenpapier bedeckten Kleidungsstück in der Tüte. Sie können ja nicht wissen, dass mir meine schweinereiche Freundin Steffi die Gucci-Tüte freundlicherweise überlassen hat und dass ich darin einen uralten Regenmantel spazieren trage. Ben, wie gesagt, hält mich wegen solcher einkaufsstrategisch sehr vernünftigen Verhaltensweisen für bekloppt. Und ich empfinde das als Kompliment, weil ich schon ganz gerne ein wenig weniger normal wäre. Bin ich aber nicht.

Ich bin durchschnittlich groß und habe feines Haar, das mir, wenn ich es nicht mit fünf großen Portionen Schaumfestiger garniere, um meinen Kopf herumfliegt wie Entendaunen. Ich muss ständig auf Toilette, lasse immer irgendwo was liegen, finde meinen Autoschlüssel eher nicht und trage die ungünstige BH-Größe 80 A. Will heißen: eher wenig Busen bei eher breitem Kreuz. Ich habe vor sechs Monaten aufgehört zu rauchen, was mir besagte dreieinhalb zusätzliche Kilo und acht Prozent mehr Körperfettanteil beschert hat. Ich bin unverheiratet, kinderlos und lebe mit meinem Freund in einer Dreizimmerwohnung in Hamburg-Eimsbüttel. Ich mag meine ältere Schwester Lillian gerne. Sie hat drei Kinder und mittlerweile, wie sie sagt, Brustwarzen so groß wie 'ne Familienpizza. Sie ist sehr lustig, hat das Epilieren ihrer Beine nicht eingestellt, als sie Mutter wurde, und weiß genau, wann der Winterschlussverkauf bei Jil Sander anfängt. Ihre Kinder parkt sie bei mir, während sie shoppen geht – was bei mir meist dazu führt, dass mein eigener Kinderwunsch in sich zusammenfällt wie Blattspinat beim Blanchieren.

Wann war mir aufgefallen, dass mit meinem Leben irgendwas nicht stimmt? Vielleicht war es der Moment, als ich zum ersten Mal eine Waage benutzte, die auch den Fettanteil des Körpers misst. Zwar hatte ich nicht auf ein Bombenergebnis gehofft, aber da ich gerade erst am

Abend zuvor auf den Nachtisch verzichtet hatte, war ich zuversichtlich aufgestiegen. Errechnet wurde ein Wert, über den ich bis heute mit niemandem gesprochen habe. Ich war erschüttert. Ich meine, ich turne doch nicht zweimal die Woche das Fitness-Video für Fortgeschrittene von Cindy Crawford, bloß um mir dann von meiner Waage sagen zu lassen, ich hätte ständig fünfundvierzig Päck-

chen Butter bei mir. Panisch hatte ich den üblen Apparat durch die ganze Wohnung geschleppt. Es musste sich, so hatte ich das Ergebnis gedeutet, um eine Messabweichung aufgrund des unebenen Untergrundes handeln. Ich wog mich auf dem Küchenboden, dem Laminat im Flur und schließlich auf dem Wohnzimmerteppich. Das Ergebnis blieb unverändert, und mir wurde schlagartig klar, warum es in meiner Beziehung nicht einmal mehr zu den bundesdeutsch üblichen zweikommafünf Geschlechtsverkehren pro Woche kam.

Und genauso schlagartig beschloss ich, auf der Stelle neuen Schwung in mein Leben und in meine Beziehung zu bringen. Noch am selben Abend rasierte ich mir die Schamhaare und buchte ein Wochenende in einem Romantik-Hotel an der Nordsee. Am nächsten Morgen kaufte ich eine Getreidemühle, um mir in Zukunft morgens mein Müsli selber zu schroten, statt wie bisher mir morgens mein Nuss-Croissant selber zu kaufen. Ich erstand ein «Perfomance Latex-Band für mehr Kraft und Ausdauer», dazu zwei Hanteln und verabredete außerdem mit meiner Freundin Mona, in den nächsten Tagen einen Sex-Shop aufzusuchen. Auch Mona fand, dass ihr Beziehungsleben etwas mehr Schwung vertragen könne – wenn sie denn erst mal eine Beziehung hätte. Aber im Grunde genommen kann man gar nicht früh genug damit anfangen, sich gegen das schleichend lähmende Gift der Gewöhnung zu wappnen.

Um allen Bekannten aus dem Weg zu gehen, wählten wir für unsere Expedition in den «World of Sex»-Supermarkt auf der Reeperbahn einen Dienstagnachmittag, an dem irgendein wichtiges Fußballspiel übertragen wurde.

Es war eigentlich eine ganz vergnügliche Angelegenheit gewesen – bis zu dem Moment, als ich in einem außerordentlich knapp sitzenden Krankenschwesternkittel aus Lackleder aus der Umkleidekabine trat.

«Ach, hallo, Annabel.»

«Äh?»

«Darf ich dir meinen guten Freund Leo vorstellen? Leo, das ist Annabel Leonhard, unsere beste Übersetzerin.»

Leo schaute mich mit großen, schreckgeweiteten Augen an, ganz so, als sei ich eine geistesgestörte Irre, die sich nachmittags zum Zeitvertreib in Sex-Shops rumtreibt und in hautenge Lacklederkittel zwängt. Neben Leo stand Bea Heinrich vom Verlag Jakobs & Kursedim, für den ich Bücher aus dem Englischen und Holländischen übersetze. Bea ist meine Lektorin, ich bin ihre Trauzeugin. Ich schämte mich ungeheuerlich.

Warum bleiben einem eigentlich die peinlichsten Begebenheiten besonders lebhaft in Erinnerung? Ich erinnere mich an jeden einzelnen Fettnapf, in den ich im Laufe meines Lebens getreten bin. Und das sind nicht wenige gewesen. Aber ich erinnere mich nicht daran, wie der erste Bundespräsident hieß und wo ich neulich die heruntergesetzten Stiefel mit Leopardenprint gesehen habe.

Ich strich meinen Lacklederkittel glatt und versuchte so zu tun, als handele es sich hier um eine völlig alltägliche und durchaus erfreuliche Begegnung.

«Hallo, Leo, schön, dich mal kennen zu lernen. Bea hat schon viel von dir erzählt.»

Ich reichte dem verwirrten Mann die Hand, so damenhaft, wie mir das unter den gegebenen Umständen möglich war. Dann wandte ich mich betont locker an Bea.

«Und, bei dir sonst alles klar?»

Sie tat mir den Gefallen, nicht ein Wort über die erniedrigende Situation zu verlieren, in der ich mich befand. Sie ist eine sehr kultivierte Frau, liest Walser, hat ein Theaterabonnement und ist trotzdem in der Lage, sich stundenlang über die Wahl des richtigen Lippenkonturstiftes zu unterhalten. Leo war einer ihrer besten Freunde, schwul und Single. Bea war so freundlich, einmal im Monat samstagabends bei ihm vorbeizuschauen und in seinem Schlafzimmer eine Viertelstunde lang laut zu stöhnen. Als Vorsichtsmaßnahme. Damit der schwulenfeindliche Vermieter bezüglich Leo keinen Verdacht schöpfen konnte. Bea ist loyal und taktvoll und erlöste mich schnell aus meiner peinvollen Lage.

«Dann mach's mal gut. Leo und ich müssen weiter. Wir sind heute Abend bei seinem Exfreund eingeladen und suchen noch ein hübsches Mitbringsel. Komm, Leo, da hinten habe ich einen tollen Lederslip mit Paillettenbesatz gesehen.»

Ich hörte ein Rumpeln hinter mir. Das war Mona, die vor lauter unterdrücktem Lachen neben dem Ständer mit den Dienstmädchenschürzen zusammengebrochen war.

Danach war mir die Lust am Shopping irgendwie vergangen. Immerhin brachten Mona und ich je zwei hübsche Vaginalkugeln mit nach Hause, die uns der zuvorkommende Verkäufer für den ultimativen Lustgewinn empfohlen hatte. Sind aber nicht so toll, muss ich von abraten. Die Dinger klackern im Inneren des Körpers, als hätte man ein künstliches Hüftgelenk.

Der Besuch im Sex-Shop brachte jedenfalls nicht die erhoffte Wendung in mein fades Dasein. Und der Kurzurlaub im Romantik-Hotel war auch kein voller Erfolg. Eigentlich war er sogar eine glatte Katastrophe. Ich hatte für uns beide zum Abendessen das Menü «Leidenschaft» bestellt. Wenn ich nur daran denke, wie übel meinem armen Ben nach den Austern wurde, bereue ich die Wahl noch jetzt. Er tut sich schwer mit Schalentieren. Aphrodisiaka hin oder her, die Dinger bekommen ihm einfach nicht. Er war zwar noch so höflich, sich mit mir zum romantischen Mitternachtsspaziergang an den Strand zu schleppen, aber als ich ihn lasziv darauf hinwies, dass ich unter meinem Kleid nichts als Strapse trüge, starrte er mich einige Sekunden an, als sei ihm eine Monster-Auster erschienen.

«Ist dir das nicht viel zu kalt?», fragte er schließlich würgend. Da war mir klar, dass ich an diesem Abend unseren Geschlechtsverkehr-Durchschnittswert nicht mehr in die Höhe treiben würde.

Manchmal wünsche ich mir, ich würde Ben noch nicht kennen, oder noch nicht so gut. Dann versuche ich, ihn anzuschauen, als sei er mir fremd. Wie er die Zigarette hält, wie er beim Zuhören den Kopf leicht zur Seite neigt, wie er geht, mit langen Schritten, die Hände meist tief in den Jackentaschen. Ich wünschte, ich hätte es noch vor mir, ihn zu entdecken. Die Leidenschaft der ersten Monate. Dreimal am Tag Sex. Herzklopfen, wenn er anruft. Herzklopfen, wenn er nicht anruft. Panik, wenn kurz vor der Verabredung der Lidstrich nicht gelingt. Ich weiß natürlich, dass es keine Kunst ist, etwas zu begehren, was man noch nicht kennt.

Heute verzichte ich auf den Lidstrich. Heute wische ich Ben manchmal gedankenverloren einen Krümel aus dem Mundwinkel. Ich sollte das nicht tun. Er hasst das, und ich tue es auch niemals absichtlich, sondern nur, weil ich vergesse, mich an die unausgesprochenen Regeln zu halten: einen gewissen Abstand zu wahren, sich nicht so vertraut zu benehmen, wie man sich eigentlich fühlt, sich die Illusion zu bewahren, man hätte noch Geheimnisse, es gäbe noch was zu entdecken. Das ist man sich schuldig als Paar. Nun, es wäre sicherlich albern, wenn ich mir abends, bevor Ben nach Hause kommt, einen Push-up-BH umschnallen und künstliche Wimpern ankleben würde. Ben kennt meine Defizite in dieser Hinsicht. Aber weil du geliebt wirst, heißt das nicht, dass du beim Sex die Skin-Repair-Maske drauflassen darfst – nur weil die auch genau fünf Minuten braucht.

Wehret den Anfängen. Sonst drückst du ihm irgendwann die Pickel auf dem Rücken aus, und er macht dir einen Heiratsantrag, während er auf dem Klo sitzt und du dir dein Gebiss mit Zahnseide reinigst. Ich finde, wenn man sich derartig gehen lässt, ist es Zeit zu gehen.

Einmal war ich mit Ben, seinem Freund Nikos und dessen damaliger Freundin essen. Sie saß mir gegenüber, Nikos neben mir. Und während er zu Ben gewandt sprach, wischte ich ihm reflexartig einen Krümel aus dem Mundwinkel.

Er war wie erstarrt vor Schreck. Ich war wie erstarrt vor Schreck. Und die Frau, deren Namen ich schon an jenem Abend vergessen hatte, weil es sich bei Nikos nie lohnt, sich die Namen seiner Freundinnen zu merken, war knallbeleidigt. Es hatte natürlich nichts zu bedeuten. Ich hatte bloß völlig in Gedanken eine vertraute Bewegung in die falsche Richtung gemacht und war im falschen Mundwinkel gelandet. Es war, wie wenn man wie jeden Morgen nach dem Peelingmousse greift, sich stattdessen aber plötzlich mit Enthaarungscreme im Gesicht konfrontiert sieht, weil die Putzfrau am Tag vorher fand, sie müsse ein wenig umräumen.

Man kann es als Paar eben leider nicht vermeiden, dass sich Vertrautheit einschleicht. Gegen die Zeit hast du keine Chance. Ich weiß genau, dass ich meinem Ben eine Sache niemals werde bieten können, egal, ob ich mich in einen Lackkittel zwänge oder Tierlaute imitiere: Ich werde immer eine Frau sein, die er kennt. Menschen gehen nicht fremd, weil sie zu Hause schlechten Sex haben. Das ist ein Grund, sich zu trennen. Menschen gehen fremd, weil sie zu Hause guten Sex haben. Nur leider immer den gleichen.

«Wir brauchen nie länger als zehn Minuten, mit Vorspiel», gestand mir meine Freundin Steffi neulich. Sie ist seit sechs Jahren mit Klaus verheiratet.

«Und, sind es gute zehn Minuten?», fragte ich.

«Alles ist perfekt. Er weiß genau, was er tun muss, was ich mag und was ich nicht mag. Mit ihm komme ich schneller zum Orgasmus, als wenn ich's mir selber mache.» Steffi stöhnte genervt. «Aber weißt du, Belle, was ich mir manchmal wünsche? Einen, der nicht alles richtig macht. Einen, der mich überrascht, egal womit. Einen, bei dem ich die Augen auflassen kann beim Sex, weil er mir fremd ist und ich mir nicht mühsam einen Fremden vorstellen muss.»

«Vielleicht versucht ihr's mal mit Rollenspielen?»

«Nach dem Motto: Ich bin jetzt eine Nutte und du ein Fernfahrer? Quatsch, an so was glaube ich nicht. Er bleibt doch immer mein kleiner Klausi. Ich müsste wahrscheinlich lachen, und dann ginge gar nichts mehr.»

Ich wusste Steffi nichts zu raten, beschloss aber insgeheim die Sache mit der Nutte und dem Fernfahrer zu Hause mal vorzuschlagen. Hat aber nicht viel gebracht. Außer dass ich Ben am Unterschenkel verletzte, als ich nur mit Stöckelschuhen bekleidet zu ihm ins Bett stieg.

Man muss mir also zugute halten, dass ich nicht vorschnell fortgegangen war. Ich hatte mir heftige Mühe gegeben, wieder Farbe in meine blasse Beziehung zu bringen. Hatte vor Ort das meinige getan. Nun würde ich Abstand nehmen, um gelassen alles zu überdenken. Bisher war es immer so gewesen, dass mein Leben mich in die Hand genommen hatte. Veränderungen brachen über mich herein, mal willkommen, mal auch nicht. Ich habe reagiert, mal richtig, mal falsch. Was mich just daran erinnert, dass ich heute die Gattin von Ole Helgers sein könnte, Inhaber eines exquisiten Fachgeschäfts für Landhausküchen in Hamburg-Wellingsbüttel, der sich gerade eine Villa in Adresslage gebaut hat. Vorausgesetzt, ich hätte in jungen Jahren nicht falsch reagiert, als er bei unserem ersten Geschlechtsverkehr den wilden Latino-Lover geben wollte und dabei aus dem Bett plumpste. Heute weiß ich, dass das ein Moment ist, der extremste Sensibilität verlangt. Aber damals hat dieser Mangel an Lebensweisheit dazu geführt, dass ich laut losprustete und mich Ole fortan auf dem Schulhof nicht mehr grüßte. Allen seinen Freunden erzählte er, ich sei eine Niete im Bett.

«Señora?»

«Hm?» Der Taxifahrer mit den körpereigenen Ohrenwärmern weckt mich aus meinen Albträumen.

«Puerto Andratx, Carrer Tonyina. Fünfzig Euro.»
Es wundert mich nicht wirklich, dass meine Tante Gesa nicht zu Hause ist. Dass sie mich nicht vom Flughafen abholen würde, damit hatte ich fest gerechnet. Sie hatte es gestern Mittag am Telefon ganz fest versprochen. Aber was ist schon von den Versprechungen einer Frau zu halten, die drei Ehemänner verlassen hat?

«Belle, mein Kind, natürlich hole ich dich ab! Ich freue mich wahnsinnig, dass wir uns endlich mal wieder sehen! Ich lasse dir das Gästehaus herrichten. Möchtest du blaue oder gladiolenfarbene Bettwäsche? Du, die Hütte ist ein Prachtstück, du wirst es lieben und viel länger bleiben wollen. Bei dir und – wie heißt er noch, na ja, bei euch alles in Ordnung? Ich kann dir gar nicht sagen, wie gut mir diese Scheidung getan hat. Kann ich jedem nur empfehlen. Dem Matuschke soll es ja ganz schlecht gehen. Hat diese Kleine, habe ihren Namen schon wieder vergessen, jedenfalls die mit den Riesentitten, schon wieder rausgeschmissen. Brüste sind nicht alles im Leben, sag ich immer. Schau mich an: flach wie 'ne Badezimmerkachel, aber Verehrer ohne Ende. Seinen Nachnamen werd ich aber auf jeden Fall behalten. Kindchen, du glaubst nicht, wie einem hier auf der Insel die Türen aufgerissen werden, wenn man Matuschke heißt. So, ich muss los. Wann landest du? Ach warte, ich habe es mir ja hier aufgeschrieben. Um neun. Schön, bis dann. Flieg vorsichtig! Bussi! Bussi!»

Ich habe meine Patentante Gesa vor fünf Jahren zum letzten Mal gesehen. Mein Vater feierte seinen Sechzigsten, und seine Schwester Gesa erschien auf dem Fest mit Dietrich Matuschke, einem fülligen, gutmütigen Mann Mitte sechzig, der durch Baumaschinen reich wurde und drei Wochen zuvor von Tante Gesa in Venedig geheiratet worden war. Gesa Leonhard war früher eine wunderschöne Frau, groß, schlank, mit schmalen Handgelenken, einem langen Hals und diesem Blick, unter dem die Jungs schon auf dem Schulhof zu hirnlosen Trotteln mutierten. Sie haben sich für sie geprügelt und Muskeln spielen lassen, die sie noch gar nicht hatten. Gesa ist mittlerweile siebenundfünfzig und hat, sie selbst weist immer wieder gern darauf hin, einen Hals wie ein frierender Truthahn. Trotzdem hat sie einfach nicht aufgehört, sich so zu kleiden, sich so zu benehmen, so zu lachen und so zu lieben, als sei sie immer noch jung und schön.

Sie ist eine großartige Frau – aber leider in diesem Moment nicht zu Hause. Im Nachhinein werde ich ihr dafür wohl auf ewig dankbar sein. Denn sonst hätte ich ja in ihrem Haus auf Toilette gehen können. Und dann wäre alles ganz anders gekommen. Und ich hätte mit Sicherheit nicht dieses vortreffliche Problem, mich zwischen zwei Männern … Aber ich glaube, das erwähnte ich schon.

Ich gehe also bei glühender Hitze, immer noch mit einem durchaus dem Wetter nicht angemessenen Strickpullover bekleidet, den Hügel runter Richtung Hafen. Ob Ben mein Verschwinden schon bemerkt hat? Wahrscheinlich war er noch gar nicht wieder zu Hause. Er verbrachte das Wochenende mit seiner Trost-Truppe in einem einsam gelegenen Haus in der Lüneburger Heide, weil einer der Jungs von seiner Freundin verlassen worden war. Er hatte zwar tapfer behauptet, es ginge ihm gar nicht so schlecht, schließlich könne er sich jetzt endlich wieder die Fußnägel in der Küche schneiden, aber wahre Freunde kann man damit nicht täuschen. In solchen Fällen von allerschlimmstem Liebeskummer kommt die Ein-Kumpel-ist-in-Not-Truppe zusammen, deren Trostprogramm im Wesentlichen darin besteht, so zu tun, als sei niemand in Not. Außerdem müssen während des Wochenendes drei Regeln strikt befolgt werden:

1. Es darf kein Obst gegessen werden.
2. Unerwünscht sind Telefongespräche mit der Freundin von mehr als drei Minuten Länge.
3. Wenn einer vor dem Mittagessen eine Tüte Chips oder mehrere Tafeln Schokolade zu sich nimmt, darf keiner sagen: «Es gibt doch gleich Essen!»

Benedikt Cramer ist in vielerlei Hinsicht ein typischer Mann. Er tanzt nicht. Er klebt keine Fotos in Alben. Er bleibt ruhig, wenn ich meinen Schlüsselbund nicht finden kann und mich dabei so derartig aufrege, dass man meinen könnte, es handle sich um etwas wirklich Ernstes, sagen wir zum Beispiel den Verlust meiner Arbeitsstelle oder meiner Jil Sander-Sonnenbrille, die im Sommerschlussverkauf immer noch mehr gekostet hat, als ich normalerweise für einen Wintermantel auszugeben bereit bin. Ben erträgt es auch, dass ich irre beleidigt bin, wenn er meinen von mir verlegten Schlüssel vor mir findet, und das an einem abwegigen Ort wie zum Beispiel der Schale für die Schlüssel. Ich schwöre, ich hatte dort ganz bestimmt schon dreimal nachgeguckt.

Benedikt Cramer ist ein Mann mit der Mentalität eines Bombenentschärfers. Die Leute, die in amerikanischen

Filmen immer vor den mit komplizierten Zeitzündern versehenen Sprengstoffpaketen hocken und absolut ruhig bleiben, während um sie herum Menschen mit schrillen Stimmen rufen:

«Joe, noch fünfzehn Sekunden! Schneid den grünen Draht durch, Joe! Um Himmels willen, das Leben Tausender unschuldiger Bürger dieser pittoresken Stadt am Fuße der Rocky Mountains liegt ganz allein in deiner Hand, Joe! Nimm den …»

Und Joe nimmt sich noch die Zeit, seinen Zigarillo von einem Mundwinkel in den anderen zu schieben, bevor er den roten Draht durchschneidet, sein Zeug zusammenpackt und nach Hause geht.

Einer von diesen Unerschütterbaren ist auch mein Ben. Einer, bei dem man denkt, er hat breite Schultern, selbst wenn er so schmal gebaut ist wie ein Räucheraal. An seiner Seite fühlt man sich beschützt. Neben ihm würde man sich trauen, in die Jahreshauptversammlung von Bodybuildern reinzurufen: «Habt ihr wirklich alle erdnussgroße Penisse?»

In Bens genetischem Programm sind Aufregung, Nervenflattern, zittrige Hände und eine schweißnasse Stirn nur für folgende Fälle vorgesehen: Start und Landung von Flugzeugen, in denen er selbst drinsitzt. Turbulenzen in großer Höhe. Vermeintlich ungewöhnliche Turbinengeräusche und die Durchsage des Kapitäns mit, nach Bens Meinung, verzweifelt klingender Stimme: «Wir möchten Sie bitten, für den Rest des Fluges angeschnallt zu bleiben.»

«Der Mann hat sich und uns längst aufgegeben», hatte Ben bei unserem Flug nach Teneriffa verbittert gemurmelt. Was bedauerlicherweise der kleine Junge neben ihm mithörte, entsetzt die Augen aufriss und panisch schrie: «Maaamaaaa, wir stürzen aahaab!» Na ja, und abstürzen tut ja keiner gerne. Einige wollten sofort den Kapitän sprechen, andere fingen an zu beten. Erst nach mehreren Durchsagen, dass es wirklich keinen Grund zur Beunruhigung gäbe, es seien lediglich ein paar Turbulenzen zu erwarten, legte sich die Panik. Eine gewisse Anspannung hielt sich aber für den restlichen Flug und machte sich in frenetischem Beifall und Jubelrufen Luft, als wir gelandet waren. Einige wollten dem Kapitän persönlich ihren Dank aussprechen, aber der weigerte sich, aus dem Cockpit zu kommen. Ich bin sicher, noch heute beginnen etliche der Passagiere ihre Erzählungen über diesen Urlaub mit den Worten: «Damals, als wir fast abgestürzt sind und ich der Einzige war, der die Nerven behielt und ...»

Ich denke, was Ben wirklich am Fliegen stört, ist, dass er nicht selber fliegt. Er ist jemand, der sich am sichersten fühlt, wenn er persönlich die Verantwortung trägt für das, was geschieht. Er macht lieber seine eigenen Fehler, als unter den Fehlern anderer Leute zu leiden. Deswegen hat er sich selbständig gemacht, deswegen kocht er bei uns zu Hause, und deswegen nimmt er wie selbstverständlich immer auf dem Fahrersitz Platz, auch wenn wir mit meinem Auto fahren. Was wir allerdings selten tun, weil dem Herrn Cramer das Ambiente in meinem Wagen nicht zusagt. Er mag es nicht, dass ich meine Badesachen – ich gehe zweimal die Woche mindestens dreißig Minuten schwimmen, um die Fettverbrennung anzukurbeln – auf dem Rücksitz trockne und hinter dem Beifahrersitz die Ordner «Krankenkasse», «Versicherungen» und «Steuer» aufbewahre. Im Kofferraum lagere ich im Sommer meine Wollpullover und im Winter meine Rollerblades.

Na und? Ich denke da eben praktisch. Unsere Wohnung ist nicht gerade riesig, und einen Speicher haben wir auch nicht. Unter solchen Umständen finde ich es nur natürlich, wenn man das Auto wie ein zusätzliches Zimmer behandelt. Mein Golf, der rot ist und so alt, dass man die Fenster noch selber runterkurbeln muss, ist eine Mischung aus Badezimmer, Kleiderschrank und Aktenablage. Spricht doch nichts dagegen. Als ich Ben sagte, wir könnten seinen Kombi doch sehr schön als Bibliothek nutzen und dort meine Kinderbücher unterbringen, von denen ich mich nicht trennen mag, reagierte er recht verhalten. Dabei wäre im Kofferraum reichlich Platz für alle meine «Fünf Freunde»-Bände plus «Die drei Fragezeichen» plus Bilderbücher wie «Die kleine Raupe Nimmersatt» oder «Vom kleinen Maulwurf, der wissen wollte, wer ihm auf den Kopf gemacht hat». Zwei meiner Lieblingsbücher übrigens. Aber er war nicht zu überreden.

Ben und ich ergänzen uns gut, weil wir auf unterschiedliche Arten total schusselig sind und uns deswegen keine Vorwürfe machen können. Er macht Fehler, weil er mit seinen Gedanken ganz woanders ist. Ich mache Fehler, wenn ich mich besonders darauf konzentriere, Fehler zu vermeiden. Zum Beispiel, wenn ich Folgendes denke: «Hoffentlich fällt mir jetzt nicht diese sehr edle Servierplatte mit den sechs kostbaren Hummerschwänzen drauf vor all diesen wichtigen Leuten auf den empfindlichen Teppich …»

Ben ist wie gesagt eher der Typ, der sich nicht auf das konzentriert, was er gerade tut, sondern auf das, was er bis eben noch getan hat. Das führte besonders am ersten Weihnachtstag zu einer Katastrophe. Die Essenz von Edelfischen kochte stundenlang vor sich hin. Ben betreute sie liebevoll, würzte nach und erzählte mir dabei von der Kosmetik-Redakteurin der Frauenzeitschrift «Laura», die ihn dreimal in der Woche wegen eines angeblichen Computerfehlers anriefe, und dann sei immer nur irgendein Kabel falsch eingesteckt. Na, bei so was werde ich aber ganz schnell hellhörig.

«Die ist doch bestimmt in dich verliebt!»

«Glaube ich nicht. Die Sonja hat 'nen Freund.»

«Ach, und woher weißt du das?»

«Hat sie mir erzählt.»

«Wann denn?»

«Als sie mich auf einen Kaffee eingeladen hat.»

«Davon hast du mir ja gar nichts erzählt!»

«Warum sollte ich? Dich interessiert doch sonst auch nicht, mit wem ich in der Kantine einen Kaffee trinke.»

«Da handelt es sich ja auch nicht um Frauen, die sich Computerprobleme ausdenken, bloß weil sie scharf auf meinen Freund sind.»

«Sonja ist nicht scharf auf ...»

«Sieht sie denn wenigstens gut aus?»

«Nicht schlecht, aber auch nicht besonders ...»

«Ach was. Nicht schlecht? Ich weiß doch, was nicht schlecht bei dir bedeutet! Für einen Mann mit deinem stoischen Gemüt ist das doch fast eine Liebeserklärung. Wahrscheinlich ist sie sehr schlank und hat trotzdem Top-Titten. Und du bist naiv genug zu glauben, dass eine Frau nichts von dir will, nur weil sie dir von ihrem Freund erzählt!? Ich bitte dich. Das macht man, um den Typen, den man ins Bett kriegen will, glauben zu lassen, dass er keine feste Beziehung fürchten muss. Ganz alter Trick! Aber Benedikt Cramer fällt natürlich voll drauf rein! Bravo!»

Ich möchte an dieser Stelle hinzufügen, dass ich nicht wirklich eifersüchtig war, sondern nur die Gelegenheit nutzen wollte, mich aufzuregen. Ich rege mich gern auf. Das stärkt die Stimmbänder und das Selbstbewusstsein. Eifersucht ist bei mir eher eine Art Selbstbefriedigung. Ich benutze sie als Mittel gegen Routine. Außerdem hat das Ganze den schönen Nebeneffekt, dass Ben sich wirklich ärgert, wenn ich auf diese Art eifersüchtig bin. Er hält sich schließlich für unschuldig. Er ärgert sich, und ich bin gar nicht wirklich eifersüchtig, sondern im Grunde genommen sehr zufrieden, weil ich mich besonders geliebt fühle. Immerhin ist es mir gelungen, eine solch starke Regung wie Missmut aus Ben hervorzulocken.

Er begann also, sich zu rechtfertigen und gleichzeitig sauer darüber zu sein, dass er sich rechtfertigte. Dann verfiel er eine Weile lang in beleidigtes Schweigen und beschloss, ich erkannte es an seinem Gesichtsausdruck, sich nicht weiter mit diesem Quatsch auseinander zu setzen. Das war der Moment, als er vergaß, die kostbare Essenz aufzufangen, die hopplahopp im Ausguss verschwand. Nur ein trauriger Haufen zerkochter Fische blieb im Sieb übrig.

Es wurde kein schöner Abend mehr. Und meine Eltern, denen vollmundig eine Essenz von Edelfischen angekündigt worden war, wunderten sich über Brot mit Ei als Vorspeise und über einen sehr muffeligen Gastgeber, der ihnen bisher immer als ein besonders ausgeglichener Mensch erschienen war.

## «Mit etwas Mühe ist ein schlechtes Gewissen gut zu verdrängen»

Ich habe mittlerweile den Hafen von Andratx erreicht. In Gedanken ganz bei meinem fragwürdigen Lebensgefährten, bin ich mitten in das Revier der Riesenboote getapst. Ich gehe staunend vorbei an weißen Yachten, die aussehen, als warteten sie alle auf ihren Einsatz in einem Film, der das Leben von Aristoteles Onassis erzählt. Leider werden die meisten von ihnen durch besonders alberne Namen verunstaltet. Wie kann man denn so ein stolzes Boot «Frustration» nennen oder «Hasi-Bär»? Oder «Fuzzi» – fast schämte ich mich, als ich das arme Ding sah.

Versunken in die Frage, was einen Menschen wohl dazu verleiten kann, überhaupt irgendetwas den Namen «Fuzzi» zu geben, bemerkte ich das sich anbahnende Problem zunächst nicht.

Ich weiß nicht, ob es anderen auch so geht, aber wenn ich auf Toilette muss, dann muss ich immer ganz plötzlich und dringend auf Toilette. Vor langen Autofahrten zum Beispiel trinke ich immer tagelang nichts. Vergeblich. Schon bei der ersten Raststätte muss ich raus. Immer. Ben sagt, ich hätte eine Altherrenblase, und meine Freundin Mona schlug nach unserem letzten Ausflug nach St. Peter-Ording vor, ich solle beim nächsten Mal Windeln tragen oder mir einen Katheter legen lassen. Mona macht als Krankenschwester gerne solche ekligen, innereienbetonten Scherze. Aber es ist tatsächlich so: Eigentlich befinde ich mich die meiste Zeit meines Lebens auf der Suche nach einem Klo.

Für mich also eine absolut vertraute Situation: Annabel Leonhard eilt mit zusammengepressten Schenkeln durch irgendeine völlig toilettenfreie Zone dieser Welt. In diesem Falle der äußerste Rand des Yachthafens von Andratx. Glücklicherweise habe ich durch jahrzehntelange Praxis ein seismographisches Gespür für Toiletten entwickelt oder für Gegenstände, die man als Toilette benutzen kann. Ich könnte einen Reiseführer schreiben «Pinkeln von Padua bis Paris – der ultimative WC-Guide». Und ich denke, der Satz, den ich in meinem Leben am häufigsten gesagt habe, ist: «Dürfte ich wohl mal Ihre Toilette benutzen?»

«Dürfte ich wohl mal Ihre Toilette benutzen?» Der Typ, der gerade dabei ist, an seiner riesenhaften Yacht rumzuputzen, sieht schon von hinten so aus, dass ich es unter normalen Umständen niemals gewagt hätte, ihn anzusprechen. Es gibt ja Hinterköpfe, die bereits derart viel Selbstbewusstsein ausstrahlen, dass einem angst und bange wird. Aber unter Blasendruck verliert man viele seiner ansonsten hartnäckigen Hemmungen. Ich habe schon in Spelunken gepinkelt, die ich bei klarer geistiger Verfassung nur mit Schutzanzug und Atemmaske betreten hätte. Und dieser Mensch mit dem einschüchternden Hinterkopf ist der einzige potenzielle Toilettenbesitzer, den ich in der gebotenen Eile in diesem Hafen ausfindig machen kann. Als er sich umdreht und mich kurz mustert – überrascht, aber nicht unfreundlich –, wird mir schlagartig klar, dass dieser Typ mein Leben verändern könnte. Vorausgesetzt, ich wäre etwa acht Jahre jünger, zehn Kilo leichter und in regelmäßigen Abständen Covergirl der italienischen «Vogue».

Was für eine umwerfende Ansicht. Sieht aus wie ein großer Junge. Bestimmt noch keine dreißig. Schlaksig ist, glaube ich, das Wort, das man für solche Körper benutzt. Als sei er noch gar nicht lange so groß und müsse sich erst noch daran gewöhnen und immer aufpassen, mit seinen langen Armen nicht versehentlich irgendwelche Gegenstände vom Tisch zu fegen. Mit kurzen blonden Haaren, die aussehen, als kriegten sie Locken, wenn sie länger werden. Dieser Mensch sieht so freundlich aus, als würde er ständig fröhlich sein, in der Sonne liegen, Bier aus Flaschen trinken, die im Meer gekühlt werden, nachts mit seinen Kumpels Mercedes-Sterne klauen gehen, in Freibäder einbrechen, auf Baugerüsten rumklettern und auf dem Rummel am Schießstand für sein Mädchen den dicksten Teddy erlegen.

«Klar. Das Klo ist unten.»

Ich muss ihn völlig verträumt angestarrt haben.

«Die Treppe runter und dann die dritte Tür rechts.»

«Was?»

«Na, das Klo.»

«Oh. Ja, vielen Dank», murmle ich. Verlegen, weil ich die Begegnung mit diesem sensationellen Jungen einem profanen körperlichen Bedürfnis zu verdanken habe und nicht meiner faszinierenden Ausstrahlung. Gesetzt den Fall, aus uns beiden würde was werden – wir heiraten, beziehen ein Haus mit offenem Kamin und Kaufpreis auf Anfrage, legen uns einen Labrador zu und zwei entzückende Kinder, die Klavierunterricht haben und ein Pony –, was sollten wir später mal erzählen? «Mama musste aufs Klo. Sonst wäre Papa niemals auf eine wie sie aufmerksam geworden.»

Kein großartiger Beginn für eine imposante Liebesgeschichte. Aber man kann es sich ja nicht aussuchen. Und nur weil eine Beziehung nicht filmreif anfängt, heißt das ja nicht, dass sie auch automatisch so weitergehen muss. Den Sebastian zum Beispiel, meine erste große Liebe, lernte ich kennen, weil er mir Silvester 1987 eine Flasche Sekt in meine Kapuze schüttete. Man muss dazu sagen, dass er das nur in bester Absicht tat und ich ihm bis heute dankbar bin, weil er dadurch Schlimmeres verhindert hat.

Um Mitternacht hatte ich mit einer Horde Freunde am Alsterufer gestanden und war mir irre schick vorgekommen. In einem Anfall handwerklicher Kreativität, es sollte zum Glück der einzige in meinem Leben bleiben, hatte ich um Kragen und Kapuze meines Wintermantels einen scheußlichen dunkelbraunen Kunstpelz genäht, den ich damals für mondän hielt. Ich war sechzehn, fühlte mich erwachsen, hatte meine Haare endlich so lang, wie ich sie immer haben wollte, und dazu das Gefühl, dass dieses Silvester der Auftakt war für ein besonders wichtiges Jahr in meinem Leben. In meinem Pelz kam ich mir vor wie Prinzessin Diana.

Ich beschloss also, möglichst damenhaft eine Rakete in die Nacht zu entsenden, was mir auch relativ gut gelang. Zumindest dachte ich das zunächst. Was ich nicht bemerkte, war, dass die Rakete gegen einen Baum flog, wie ein Bumerang zu mir zurückkehrte und in meiner kunstpelzumpuschelten Kapuze landete. Plastikpelz und Haare fingen sofort an zu brennen. Und weil ich davon immer noch nichts mitbekommen hatte, war ich doch einigermaßen überrascht, als ein mir völlig unbekannter Typ auf mich zurannte und mich mit Schaumwein übergoss.

Sebastian hatte durch seinen Einsatz nur unwesentliche Teile meiner Frisur retten können. Der Mantel samt Kunstpelz war natürlich völlig hinüber, und ich sah aus wie Daniel Düsentrieb nach einem besonders misslungenen Experiment. Aber Sebastian und ich wurden trotz dieses unglücklichen Starts ein sehr glückliches Paar. Drei Monate lang. Was ich damit nur sagen will, ist, dass aus diesem unheimlich tollen Yachtbesitzer und mir eine Traumkonstellation entstehen kann – auch wenn wir unsere Liebe nur meinem Harndrang zu verdanken haben.

Ich nutze den Aufenthalt auf der Yachttoilette, um mein Aussehen zu kontrollieren und hier und da nachzubessern. Wie gut, dass ich für solche Notfälle immer Lipgloss und einen Kamm bei mir trage. Ich versuche, meinem vom Wind entstellten Haar eine minimale Restwürde zurückzugeben.

Also, sage ich mir, auf in den Kampf! Ich werde dieses Boot nicht verlassen, ohne mich unsterblich zu blamieren. Wer wie ich sein Leben endlich in die Hand nimmt und selber für Veränderungen sorgt, der wartet nicht darauf, angesprochen zu werden. Ab jetzt wird angesprochen! Ich hole tief Luft – und höre mich zu meiner eigenen Bestürzung sagen:

«Vielen Dank. Tschüss.»

Mist. Verdammter Mist! Warum ist die Anwesenheit meines Selbstbewusstseins so unkalkulierbar wie das Erscheinen der Putzfrau, die Ben und ich seit einem Jahr engagiert haben? Sie kommt eigentlich immer dann, wenn ich nicht mehr mit ihr gerechnet und gerade selber sauber gemacht habe. Wenn aber am Abend vorher bei uns sieben Männer beim Fußballgucken Pizza gegessen und ihre Kippen in leere Bierflaschen entsorgt haben, dann meldet sich unsere Putzfrau garantiert krank. Genau wie mein Selbstbewusstsein hat sie ein untrügliches Gespür dafür, wann es richtig was zu tun gibt. Und beide nehmen das zum Anlass, sich ratzfatz zu verpissen und mit Un-

schuldsmiene erst dann wieder aufzutauchen, wenn man sie nicht mehr braucht.

Aber ich versuche trotzdem, Verständnis für mich aufzubringen. Misserfolge müssen analysiert werden, damit man aus ihnen lernen kann. Das konnte ja gar nicht klappen. Sich vorzunehmen, diesen jungen Gott auf der Yacht anzusprechen, war in etwa so blöde, wie wenn sich ein völlig untrainierter Fettsack mit zwei Holzbeinen zum New York-Marathon anmeldet. Klassischer Fall von Selbstüberschätzung. Kann passieren. Soll nicht wieder vorkommen. Noch während ich über den schwankenden Steg balanciere, habe ich mir mein Versagen verziehen. Ich bin nicht der Typ, der sich die eigenen Fehler lange nachträgt. Ich trage lieber anderen ihre Fehler nach. Besonders gern meinem jeweiligen Lebensgefährten. Ich bin also völlig mit mir versöhnt, noch bevor ich wieder festen Boden unter den Füßen habe.

«Hey, hast du Lust, 'ne Runde mitzufahren? Ich wollte sowieso gerade raus, um den Waverunner zu testen.»

Ich habe keine Ahnung, was ein Waverunner ist. Und ich habe keine Ahnung, womit ich dieses Schweineglück verdient habe, dass mein Leben sich mal wieder ohne mein Zutun in genau die richtige Richtung verändert. Ich weiß genau, dass ich in Strickpullover und Jeans auf dieser Yacht aussehen werde wie ein voll bekleideter Eskimo in der Sauna. Aber als ich mich umdrehe, finde ich mich schön genug für die «Vogue».

Und ich sage: «Danke. Sehr gern.»

Warum gibt es Paella eigentlich immer nur für mindestens zwei Personen? Wer keine Begleitung hat, bekommt auch keine Paella. Sei eine Frau ohne Mann, und dir stehen nicht einmal mehr die Speisekarten dieser Welt uneingeschränkt offen. Ich frage mich, wo Gesa bleibt, und bestelle schließlich eine Paella für zwei Personen, obschon ich nur eine Person bin. Zum Zeitvertreib schaue ich mir auf meinem Handy die neuen Kurznachrichten an. Vielleicht sollte ich es lieber ausschalten, um den Akku zu schonen? Spätestens morgen ist er leer, und wenn dann nicht mein Koffer mit dem Ladegerät angekommen ist, kann ich meinen beiden Männern ja gar nicht mitteilen, für wen ich mich entschieden habe. Außerdem wüsste ich schon ganz gerne, wann mein lieber Benedikt sich endlich mal meldet. Das ist so unglaublich typisch. Männer merken meist erst dann, dass in ihrer Beziehung wirklich was schief läuft, wenn ihre Freundin bereits ausgezogen ist.

Zwei SMS sind eingegangen. Die erste ist von einem spanischen Telefonanbieter, der mich in seinem Land begrüßt und mit sagenhaft günstigen Tarifen wirbt. Die zweite ist von Gesa:

«Schaffe es nicht warte um neun am hafen»

Das ist echt typisch. Keine Erklärung, keine Entschuldigung. Ich glaube, Gesa hat sich in ihrem ganzen Leben noch nie für etwas entschuldigt. Und was heißt hier «am Hafen»? Wie will sie mich finden? Und seit wann können siebenundfünfzigjährige Damen eigentlich eine SMS schicken? Obwohl, seit sogar meine Mutter online ist, wundert mich in dieser Hinsicht gar nichts mehr. Bezeichnend auch, dass Gesa auf Zeichensetzung und Groß-

und Kleinschreibung völlig verzichtet. So eine SMS zu verschicken, ist typisch für extrovertierte, eher egoistische Menschen: schnell zu schreiben, aber schwer zu verstehen.

Mein Ben zum Beispiel legt auch bei der Handy-Post größten Wert auf korrekte Schreibweise. Nehmen wir zum Beispiel seine SMS von Sonntag letzter Woche:

«Heute Abend gibt es Tatort mit Arrabiata, wenn du willst. Melde dich. Ich bin ab 19 Uhr zu Hause. Ben»

Oder diese hier, vom Freitag davor:

«Notfall bei einem Großkunden! Sorry, Liebes, es wird heute spät. Geschenke gibt es dann heute Nacht. Bis dahin: Herzlichen Glückwunsch!!!»

Ach was. Notfall bei einem Großkunden. Und das an meinem Geburtstag. Ich denke, jede Frau wird mir zustimmen, wenn ich sage, dass kein Kunde groß genug sein kann, um den Notfall zu rechtfertigen, den es zu Hause gibt, wenn man seine Freundin am Geburtstag sitzen lässt.

«Ist doch nur dein Einunddreißigster», hatte mein unsensibler Lebensgefährte dann auch noch gesagt, als ich ihn am Telefon beschimpfte. Da bin ich natürlich sehr schnell sehr gereizt gewesen. Habe gemeckert, dass er von der weiblichen Psyche nicht den kleinsten Hauch von Ahnung habe. Dass es doch wohl jedem Normalbegabten klar sein müsse, dass nicht der dreißigste, sondern der einunddreißigste Geburtstag das heikle Datum schlechthin im Leben einer Frau sei. Der Dreißigste wird groß gefeiert. Alle Freundinnen sind da und sprechen einem Mut zu und sagen, dass alles nicht so schlimm wird, und es gibt viele Geschenke und Caipirinha bis in den frühen

Morgen, und alle sind total nett zu einem. Und ein Jahr später? Da denken bereits alle, man hätte sich an den Zustand gewöhnt, und man ist allein mit seinem Schmerz, und keiner bedauert einen, dass man bald vierzig ist. Ist doch wahr.

«Liebes, du wirst einunddreißig, nicht vierzig. Und es tut mir wahnsinnig Leid, dass wir nicht zusammen essen gehen können. Ruf doch Steffi an. Vielleicht hat die Zeit.»

«Vielleicht hat die Zeit? Danke, ich brauche keinen Babysitter. Du hörst dich an, als sei ich ein schwer erziehbares Kind, das du für einen Abend mal loswerden möchtest!»

«Belle, ich muss jetzt wirklich los. Feier schön. Wir holen das alles am Sonntag nach. Ich könnte dir Arrabiata machen, und vielleicht gibt's auch einen ‹Tatort›?»

«Du kannst mich mal mit deinen Arrabiata!»

«Dann eben nicht.»

Er war beleidigt. Er hatte es nicht besser verdient.

Ich wusste, dass ich ihn damit sehr getroffen hatte. Ich liebe Spaghetti Arrabiata – aber nur, wenn Ben sie macht. Und besonders liebe ich sie, wenn ich sie mit Tütenparmesan von Mirácoli bestreuen kann. Der schmeckt zwar wie Semmelbrösel und sieht aus wie Fischmehl, aber er erinnert mich an meine Kindheit, wo wir uns jeden Dienstagabend, wenn meine Mutter beim Turnen war, eine Packung Mirácoli gemacht haben. Und das Positive an meiner Leidenschaft für diesen Käse ist ja, dass er ungleich billiger ist als der achtundvierzig Monate lang gereifte aus dem Feinkostladen, von dem fünfhundert Gramm in etwa so viel kosten wie eine Woche im Apartmenthotel auf Fuerteventura inklusive Flug. Manchmal, vielleicht so viermal im Jahr, geht Ben samstags zu Karstadt und klaut für mich zwei Tütchen Parmesan aus den Mirácoli-Schachteln. Das macht mich glücklich. Und wenn es dann noch am Sonntagabend zu den Spaghetti Arrabiata einen «Tatort» gibt, bin ich wohl der glücklichste Mensch der Welt.

Aber heute wollte ich mich nicht durch so ein durchschaubares Manöver von meinem eigentlichen Diskussionspunkt abbringen lassen:

«Du willst mit den Nudeln nur von viel grundsätzlicheren Problemen ablenken. Das ist so typisch. Kaum ist eine Krise in Sicht, hat Benedikt Cramer praktischerweise einen Großkunden in Not.»

«Das hier ist dein einunddreißigster Geburtstag und keine Krise, und ich muss jetzt wirklich los. Vielleicht bist du ja noch wach, wenn ich nach Hause komme.»

«Vielleicht bin ich aber auch weg, wenn du nach Hause kommst!»

Das hatte ich noch melodramatisch in den Hörer geschnaubt. War mir allerdings nicht sicher gewesen, ob er es noch gehört hatte. Trotzdem hatte ich mich dieser nun einmal ausgesprochenen Drohung gegenüber irgendwie verpflichtet gefühlt. Das passiert mir manchmal, dass ich im Überschwang der Auseinandersetzung Ankündigungen äußere, an die zu halten ich mich dann genötigt sehe. Deswegen bin ich im Laufe der letzten Jahre zumindest ein wenig vorsichtiger geworden mit Bemerkungen wie «Mich siehst du die nächsten Tage nicht wieder!» oder «Dann fahr ich eben alleine übers Wochenende an die See!» oder «Nein danke, jetzt ist mir der Appetit vergangen!».

Solchen Äußerungen habe ich nicht wenige Nächte im Gästebett meiner Freundin Steffi zu verdanken. Was nicht das Schlimmste wäre. Weniger lustig war das Wochenende alleine an der Ostsee in der Reetdach-Kate bei Windstärke acht. Aber nie habe ich so sehr unter meinem überschäumenden Temperament gelitten wie an dem Abend, als wir Bens ersten festen Großkunden feiern wollten. Ben hatte sich gerade mit «CCN» selbständig gemacht, «Cramers Computer-Notdienst». Eine gute Geschäftsidee. Es ist nämlich so, dass ein normaler Mensch nie so verzweifelt ist und nie so bereit, viel Geld für Hilfe zu bezahlen, wie in dem Moment, wenn sich bei seinem Computer nichts mehr rührt.

Ben hat fast alle seine Freundinnen auf diesem Weg kennen gelernt. Sabines Atari war abgestürzt und hatte ihre Examensarbeit mit sich in die Tiefe gerissen. Bei Kerstin hatte eine Kabelbuchse angefangen zu qualmen, als sie ihren Roman sichern wollte, der dann sowieso nie erschienen ist. Und auch ich wählte Bens Nummer zum ersten Mal, als auf dem Bildschirm meines Macs plötzlich eine Bombe blinkte. «A fatal error has occured», stand da in fetten Lettern. Ben rettete meine erste Übersetzung für Jakobs & Kursedim, und schon wenige Tage später waren wir ein Paar – eigentlich sofort nachdem ich mich von Lutz getrennt hatte, den ich sowieso verlassen wollte. Es hatte mir bloß noch der rechte Anlass gefehlt.

Ben hatte mich zur Feier des Tages in ein feines Restaurant eingeladen. So was leisten wir uns normalerweise nicht, und ich hatte den Eindruck, dass die Kellner im «Le Canard» sich viel Mühe gaben, das nicht zu bemerken.

Ich weiß heute gar nicht mehr, worüber wir uns gestritten haben. Es muss mir aber wahnsinnig ernst gewesen sein, weil ich mit vorgetäuschter Appetitlosigkeit reagiert habe. Und zu einer solch drastischen Maßnahme greife ich wirklich nur im Notfall. Ich erinnere mich noch, dass Ben, der Mann, den außer Turbulenzen in Flugzeugen nichts aus der Ruhe bringen kann, ein bisschen nervös wurde, als ich den Hauptgang unangetastet zurückgehen ließ.

Besame, besame mucho.» Ein singender Gitarrist nähert sich meinem Tisch, und ich erwische mich dabei, dass ich mitsumme. Wie peinlich. Als sei ich irgend so eine Touristin, die auf Spanisch nur «Vamos a la playa» und «Eviva España» sagen kann. Was zutreffend ist.

Ob ich Ben eine SMS schicken soll? Nein, unmöglich. Er ist dran. Ich weiß doch genau, was der sich jetzt denkt: «Die kommt schon wieder.» Und bisher hat er damit ja auch immer Recht gehabt. Aber eigentlich muss er wissen, dass es jetzt um alles oder nichts geht. Das habe ich ihm auf dem Zettel unverblümt klar gemacht, den ich auf dem Esstisch für ihn hinterlassen habe:

«Ich brauche Abstand und Zeit zum Nachdenken. Bin bis Sonntag auf Malle bei Tante Gesa. Melde mich von dort. Bis dahin. Annabel»

Ich hatte etwa fünfzehn verschiedene Versionen dieser Nachricht entworfen, bis ich endlich eine hatte, die wie in aller Eile hingeschrieben klang. Nun gibt es folgende Möglichkeiten: Entweder, er hat den Zettel noch nicht gefunden, weil er von der Arbeit gleich zu seiner Verabredung mit Nikos gegangen ist. Oder er hat die Nachricht ungelesen weggeschmissen, weil er mit seinen Gedanken mal wieder ganz woanders war. Oder er hat das neue «PC-Journal» draufgelegt. Oder er wollte mal ordentlich durchlüften, und dabei sind alle Gegenstände, die weniger als fünfhundert Gramm wiegen, in fernste Ecken der Wohnung gewirbelt worden. Wenn Ben von der Arbeit kommt, ist er mit seinem Kopf noch bei der Arbeit, was zur Folge hat, dass er sich ein wenig trottelig verhält, um es freundlich zu sagen. Oder wie soll man es nennen, wenn einer das Altpapier in den Schmutzwäschekorb wirft?

Es könnte allerdings auch sein – bei Ben weiß man nie –, dass er sich an genau das hält, was ich geschrieben habe. Dass er mir Zeit lassen will zum Nachdenken und in Ruhe darauf wartet, bis ich mich melde. Es klingt absurd, aber ich halte diese Form von Missverständnis zwischen Ben und mir für möglich. Wir kennen uns seit bald fünf Jahren, aber er glaubt immer noch, dass ich meine, was ich sage. Unsere Beziehung, das wird mir immer klarer, ist wirklich an einem kritischen Punkt angelangt.

So, und damit habe ich auch den letzten Rest der «Paella para dos personas» aufgegessen. Zumindest dafür brauche ich keinen Mann. Und jetzt ist mir langweilig. Ich will endlich jemandem erzählen, was mir heute alles passiert ist. Ich bestelle noch einen Viertelliter Wein und rufe meine Freundin Mona an. Ist nicht da. Mist. Handy? Auch nicht. Dann hat sie wahrscheinlich Dienst im Krankenhaus. Aber mit Glück erreicht man sie im Aufwachraum. Mona liebt ihren Beruf. Sie ist Anästhesie-Schwester, und sie fin-

det es total gut, dass sie immer nur mit Narkotisierten zu tun hat, die ihre Klappe halten und nicht ständig rumnörgeln.

«Mona!? Sag mal, wo bist du? Was ist das für 'n Piepen im Hintergrund?»

«Herztöne. Hier liegt 'ne Gallenblase, die so langsam zu sich kommt. Und du? Ich hab mindestens eine Woche nichts von dir gehört. Wo bist du? Und hat sich dein Musikgeschmack geändert?»

Der spanische Gitarrero spielt mittlerweile «Guantanamera», und eine sehr betrunkene Frau am Nebentisch versucht mitzusingen.

«Nee, Quatsch. Ich bin auf Malle, und hier geht so ein Typ mit Gitarre von Tisch zu Tisch. Aber was viel wichtiger ist: Ich werde mich trennen!»

«Was?»

Mir scheint, dass die Herztöne im Hintergrund schneller werden. Vielleicht sind es aber auch meine.

«Ich werde mich trennen!!!»

«Wo bist du? Auf Mallorca? Warum? Seit wann? Wir wollten doch morgen zum Bikram-Yoga gehen!»

«Ich habe dir doch gesagt, dass ich diesen Mist nicht nochmal mitmache. Ich leg mich nie wieder bei vierzig Grad und neunundneunzig Prozent Luftfeuchtigkeit auf einen schweißdurchtränkten Langhaarteppich.»

Mona und ich hatten den Kurs vor zwei Wochen ausprobiert. Es war das Ekelhafteste, was ich je erlebt habe. Zwanzig Leute in einer überheizten Hinterhofwohnung mit sehr alter Auslegeware. Und die Frau neben mir roch so, dass ich überlegte, ihre Ausdünstungen als biologisches Narkosemittel auf den Markt zu bringen.

«Was machst du denn auf Malle?»

«Ich brauche einfach mal Zeit zum Nachdenken», sage ich gewichtig.

Mona kichert.

«Ach was. Hat Ben wieder das Altpapier in den Schmutzwäschekorb geworfen? Oder hast du ihm immer noch nicht verziehen, dass er dich an deinem Einunddreißigsten allein gelassen hat? Normalerweise kommst du doch zu mir, wenn du Ben gegenüber behauptest, du bräuchtest Zeit für dich und wolltest nachdenken. Dann trinken wir ein Fläschchen, schimpfen über Ben im Besonderen und andere Männer im Allgemeinen, und gegen Ende des Abends bist du froh, dass du überhaupt einen Typen abbekommen hast. Und zwar einen, der sich regelmäßig wäscht und nicht auf die Straße spuckt. Komm, so was ist heutzutage keine Selbstverständlichkeit mehr. Sei dankbar, übe dich in Demut und denk daran, dass du nicht mehr die Jüngste und die Dünnste bist. Obwohl das bei dir nicht so auffällt, weil es sich wirklich gut verteilt.»

«Du meinst, es sei völlig in Ordnung, wenn ich mit Ben bloß deshalb zusammen bin, weil ich mich für zu dick und zu alt halte, um noch einen anderen zu finden?»

«Ach, komm, das ist doch kein schlechter Grund. Es gibt Beziehungen, die stehen auf wesentlich wackligeren Fundamenten. Außerdem wissen wir doch beide, dass du Ben liebst und spätestens beim nächsten ‹Tatort›, den du alleine und ohne Pasta anschauen musst, reumütig zu ihm zurückkehren würdest.»

Sie kichert schon wieder.

«Nein, Mona», ich bemühe mich um einen apokalyptischen Tonfall, «diesmal ist es ernst.»

«Was meinst du damit?» Befriedigt vernehme ich erste Zeichen von Verunsicherung in Monas Stimmlage. «Bis vor einer Woche war doch alles noch wie immer. Was ist denn passiert?»

«Mir ist einfach klar geworden, dass es mir nicht mehr genügt, wenn alles wie immer ist.»

«Hast du wieder so eine Sonntagnachmittags-Dokumentation über Auswanderer gesehen?»

Mona spielt darauf an, dass ich vor einem halben Jahr drauf und dran war, in die Mongolei umzuziehen. Ich hatte auf Arte aus Versehen einen beeindruckenden Beitrag über das Leben der Mongolen gesehen. Ich fühlte mich auf geheimnisvolle Weise hingezogen zu diesem Volk und seinen Lebensgewohnheiten und sah mich bereits über die Weiten der mongolischen Steppe galoppieren. Ich kaufte einen Reiseführer und suchte die Nummer einer Sprachenschule raus, denn ich wollte mein neues Leben keinesfalls unvorbereitet beginnen. Als dreimal hintereinander besetzt war, gab ich meinen Plan auf und begann stattdessen von einer Ferienpension in Kühlungsborn zu phantasieren.

Aber meine aktuelle Krise hat mehr Substanz. Und in der folgenden halben Stunde versuche ich, Mona zu erklären, wie es innerhalb kürzester Zeit so weit hat kommen können und dass ich diesen ganzen Schlamassel im Grunde genommen nur zwei Menschen zu verdanken habe: Kai Pflaume und Max Frisch.

Es ist nämlich so, dass ich, wann immer es sich einrichten lässt, die Sendung «Nur die Liebe zählt» anschaue. Das weiß natürlich niemand außer Ben, und der hat mir geschworen, dass er mit niemandem darüber spricht. Ich denke, ich kann ihm in dieser Sache vertrauen, weil es ihm selbst viel zu peinlich wäre, zuzugeben, dass er mit einer Frau zusammenlebt, die eine Sendung wie «Nur die Liebe zählt» guckt und dabei meistens auch noch weint. Aber mein Benni ist ein toleranter Mensch. Mittlerweile hat er sich auch daran gewöhnt, dass ich mit etwa achtzehn verstümmelten Stofftieren bei ihm eingezogen bin. Und er hat mir erlaubt – ich musste wiederholt mit Trennung drohen –, die Küche durch eine Bordüre mit lustigen Gemüsemotiven zu verzieren. Er weist allerdings jeden Besucher ungefragt darauf hin, dass die Gemüsebordüre nicht seinem Geschmack entspricht. Und dass er diese Entgleisung nur zugelassen habe, um im Gegenzug die Erlaubnis zu erhalten, sein Raumschiff Orion-Poster im Flur aufzuhängen.

Na, jedenfalls saß ich, es ist noch keine zwei Wochen her, mal wieder irre erschüttert vor dem Fernseher und schaute Kai Pflaume bei der Paarzusammenführung zu.

Ich hatte mir einen kleinen Snack zubereitet: sehr viele Käsewürfel, dazu sehr wenige Apfelschnitze. Seit ich nicht mehr rauche, brauche ich in Situationen äußerster Anspannung einfach etwas Nervennahrung. Es war in der zweiten Werbepause, als ich diesen wahnsinnig beeindruckenden Spot sah: Eine sehr schöne Frau, etwa in meinem Alter, aber mit der Haut einer Vierjährigen, machte mir ein verlockendes Angebot. Ich solle acht Tage lang diese Creme von Oil of Olaz benutzen. Wenn ich danach nicht einen deutlichen Rückgang meiner Hautalterung bemerken würde, bekäme ich mein Geld zurück. Da war ich aber echt platt. Mal ehrlich, ich meine, da müssen die sich doch wirklich absolut sicher sein, dass das auch funktioniert. Sonst würden die doch so was nicht anbieten! Ich wollte das sofort mit Ben besprechen, aber der sagte, er wolle lesen und habe jetzt keine Zeit für so 'nen Scheiß. Und ich solle mich bitte daran erinnern, wie ich das letzte Mal nach einer Fernsehwerbung so begeistert gewesen sei, und jetzt stünde die ganze Speisekammer voll mit Slim Fast-Produkten, nur weil der abgespeckte Harry Wijnfoord behauptet hatte: «Und Sie können das auch!»

«Du glaubst doch jeden Mist», sagte Ben. Ich war ziemlich beleidigt, weil ich mich durchaus für eine kritische Verbraucherin halte. Ich bin eine flexible, neugierige Kundin, die auch mal gerne neue Produkte ausprobiert und sich den Entwicklungen des Marktes nicht verschließt. Ich habe mich zum Beispiel durch alle Ritter Sport-Schokoladen durchgegessen, ich weiß genau, welche Ostereier die besten sind, und in Sachen Weihnachtsgebäck im Allgemeinen und Butterspekulatius im Besonderen kann mir keiner was vormachen.

Am nächsten Tag kaufte ich jedenfalls die Creme mit dem aufregenden Gefühl, dem Alterungsprozess endlich einen Riegel vorschieben zu können. Ein wichtiges Projekt angesichts meines nahenden einunddreißigsten Geburtstages. Und am Abend desselben Tages, man möge über mich lachen, aber ich nenne es Schicksal, wackelte mein Bücherregal. Als ich nachschaute, sah ich, dass das Buch, mit dem ich vor vielen Jahren das Regal stabilisiert hatte, rausgerutscht war. Es war «Mein Name sei Gantenbein» von Max Frisch. Natürlich hatte ich es gelesen, als ich sechzehn war, mich für ausgesprochen intellektuell hielt und plante, selbst einmal Weltliteratin zu werden. Hauptsächlich aber las ich Max Frisch, weil mein damaliger Freund Jens, der ein bisschen aussah wie Robin, auch Max Frisch las. Jens hatte gerade sein Abitur mit Eins bestanden, stand vor dem Beginn eines Philosophiestudiums und sagte Sachen wie: «Warum soll ich ein Auto reparieren können, wenn ich doch Kant lesen kann?» Trotzdem sah er sehr gut aus.

Zwischen dem Sex lasen wir uns immer Passagen aus Büchern vor, die uns klug erschienen, Milan Kundera, Hermann Hesse und eben auch Max Frisch. Ich fand vieles wahnsinnig toll und strich die Passagen an, die mir besonders gut gefielen. Auf eine solche Passage stieß ich an besagtem Abend. Ich las sie mehrmals, bis ich sie fast auswendig konnte.

«Was bleibt, ist die Neigung, die stille und tiefe und fast unerschütterliche Neigung. Ist das vielleicht nichts? Ihr habt schon fast alles überstanden, ausgenommen das Ende, es ist euch nicht neu, daß eins von euch davonläuft in die

Nacht, daß Zorn sich wieder gibt, daß es nichts hilft, wenn Ihr zwei Tage schweigt, Ihr seid ein Paar, jederzeit frei, aber ein Paar. Da ist nicht viel zu machen. Manchmal der Gedanke: Wieso gerade du? Ihr seht euch nach andern Männern um, nach anderen Frauen. Da kommt ja nicht viel in Frage oder alles. Nichts wird wilder sein als eure Liebe damals, bestenfalls ebenso. War sie wild? Davon sprecht Ihr

nicht. In zärtlicher Schonung der Gegenwart. Oder es sei denn mit Vorwurf, der falsch ist wie jeder Vorwurf an das Leben. Wer kann denn etwas für die Gewöhnung?»

Ich erinnere mich genau, wie Jens und ich uns gruselten und schworen, dass es uns niemals so ergehen würde. Wir sollten Recht behalten. Wir hatten nie die Gelegenheit, uns aneinander zu gewöhnen oder einander gar gewöhnlich zu werden. Nach vier Monaten trennten wir uns.

So wie diese Textstelle jede Frau nervös gemacht hätte, die länger als anderthalb Jahre mit ein und demselben Partner liiert ist, machte sie auch mich nervös. Das ist wie wenn die beste Freundin plötzlich beschließt, ein Jahr ins Ausland zu gehen oder Biophysik zu studieren oder samstagabends alleine tanzen zu gehen, statt wie vorher angekündigt die romantische Liebeskomödie auf Pro 7 zu gucken. Da hat man automatisch das Gefühl, man verpasst was. Als würde man nicht genug leben, nicht genug erleben. Bei mir wirkte das Max Frisch-Zitat natürlich doppelt stark in Kombination mit der Creme, die mir ewige Jugend versprach, und meinem drohenden Geburtstag. Max Frisch hatte mir das Problem, von dem ich bisher bloß noch nichts gemerkt hatte, klar und deutlich aufgezeigt. Die ganze Tristesse meines verpfuschten Daseins stand mit einem Mal vor meinen Augen. Und als ich noch etwas weiter las, gab es für mich kein Halten mehr:

«Da entstehen dann, während das andere schon wieder schläft, Pläne, wie Gefangene sie sich machen, da seid Ihr nächtlich entschlossen zu jeglicher Wendung, zum Ausbruch, verwegen und kindisch, es ist nicht Begierde, aber die Sehnsucht nach Begierde; da packt Ihr die Koffer.»

Diese Zeilen klangen wie eine Alarmsirene in meinen Ohren, wie ein Aufruf, verwegen zu sein, auszubrechen und aufzubrechen ins Abenteuerland.

«Und du wirst es nicht glauben, Mona», beende ich meine Zusammenfassung, «das Abenteuer hat bereits begonnen. Ich bin nämlich frisch verliebt!!!»

«Was!» Mona klingt jetzt extrem alarmiert.

«Ich bin ...»

«Warte mal kurz. Die Gallenblase rührt sich. Leg nicht auf, ich bin gleich zurück, und dann will ich alles wissen!» Ich höre Mona beruhigend murmeln, dann kommt sie wieder ans Telefon.

«So, alles klar, der Typ schläft noch 'ne Runde. Also, lass mich mal kurz zusammenfassen: Du langweilst dich mal wieder, liest Frisch und guckst Pflaume, findest, du solltest dich trennen oder wenigstens was erleben, fährst nach Mallorca, willst angeblich nachdenken und verliebst dich bereits drei Stunden nach deiner Ankunft unsterblich in einen anderen?»

«So ungefähr.»

Ich genieße Monas Schweigen. Einige Sekunden lang sind nur die Herztöne der Gallenblase zu hören.

«Was ist das für ein Typ? Erzähl mir alles und lass ja nichts aus!»

Es folgen dreißig Minuten, in denen ich genüsslich

meine Erlebnisse der letzten Stunden schildere. Vom Harndrang bis zum Kuss. Alles. Haarklein.

«Und, Mona, was sagst du? Was soll ich tun?»

Am anderen Ende der Leitung höre ich nur rhythmisches Piepen.

«Sag was, Mona. Weißt du, ich kann mich zwischen den beiden einfach nicht entscheiden.»

Jetzt hab ich's gesagt. Ich genieße jede einzelne Silbe wie eine Kugel ungeheuer sahniges Vanille-Eis.

«Mona?»

«Ich höre dich, aber was ist das für ein Piepen?»

«Ich dachte, dein Patientenherz macht die Geräusche.»

«Nee, der ist auf Station gebracht worden. Kann es sein, dass dein Akku gleich leer ist?»

«Oh, nein, du hast Recht!»

«Pass auf, Belle, ich sag dir was: Du kennst die richtige Entscheidung. Ich schicke dir jetzt eine SMS, solange dein Handy noch funktioniert. Die schreibst du dir groß auf einen Zettel. Und den klebst du dir auf die Stirn. Verstanden?»

«Was meinst du damit, ich würde die richtige Entscheidung kennen? Mona, ich bin wirklich völlig hin und her gerissen, ich … Mona! Mona?»

Sie hat aufgelegt. Im selben Moment höre ich einen schrillen Schrei.

«Kiiiiiindchen! Was tust du hier? Ich habe eine Stunde gebraucht, dich zu finden, und mir die Seele aus dem Leib gehupt!»

Meine Tante Gesa entsteigt einem cremefarbenen offenen Jaguar. Sie trägt ein bodenlanges Chiffonkleid mit

Leopardenmuster und Stilettos, die so hoch sind, dass ich mich automatisch an die Szene in «Weiblich, jung, ledig sucht …» erinnert fühle, wo die Untermieterin einen Typen mit ihrem Pumps umbringt. Gesa Matuschke sieht schrecklich aus. Wunderbar schrecklich. Genau so hatte ich sie in Erinnerung, genau so liebe ich sie: klapperdürr, braun gebrannt wie ein alter Fischer und bis an die Zähne mit Goldschmuck bewaffnet.

Gesa kommt, wie mein Vater eben auch, aus einfachen Verhältnissen. Bevor sie zum ersten Mal reich heiratete, war sie Fußpflegerin, und bis zu ihrem dreiundzwanzigsten Lebensjahr wohnte sie bei ihren Eltern, weil sie sich keine eigene Wohnung leisten konnte. Seither liebt sie alles, was teuer ist. Von ihr bekam ich als Kind Puppen geschenkt, die besser angezogen waren als ich. Ihre Geburtstagspakete waren immer die größten, der Inhalt meist beschämend kostspielig und beschämend kitschig. Erwähnt seien nur die rosa Frisierkommode, das monströse Puppenhaus, das jahrelang bei uns im Wohnzimmer stand,

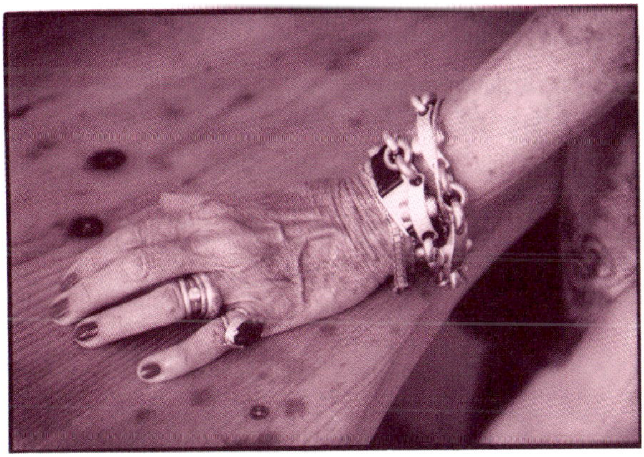

weil es in mein Zimmer nicht reinpasste, und, zu meinem Achtzehnten, die Cartier-Uhr, die nicht mal meine Mutter tragen wollte, weil sie fand, sie mache alt.

Gesa trägt drei Ringe an einem Finger und Kostüme im Wert eines Mini Cooper, aber sie ist nach wie vor die Fußpflegerin aus Wilhelmshaven. Dafür hat sie sich nie geschämt. Sie hat ein großes Herz, eine leider ziemlich unverblümte Art, hört eigentlich nie auf zu reden und zeigt immer, was sie fühlt und wie es ihr geht. Als Gianni Versace erschossen wurde, war sie tagelang nicht in der Lage zu sprechen. Wohingegen sie sich demonstrativ einen Termin bei ihrer Kosmetikerin zum Ausreinigen geben ließ, während die Welt Prinzessin Dianas Beerdigung verfolgte.

«Warum sitzt du denn hier in dieser Kaschemme?»

Gesa umarmt mich überschwänglich, küsst mich rechts und links, was, wie ich später vorm Spiegel feststellte, zwei flammend rote Male auf mir hinterließ. Sie hält nichts von diesen Pseudobussis, die schräg am Wangenknochen vorbei ins Nirgendwo gehen. Was sie tut, tut sie richtig. Ansonsten lässt sie es lieber gleich.

«Hier konnte ich dich natürlich nicht finden! Weißt du denn nicht, dass man in Andratx nur zu ‹Don Giovanni› gehen kann? Hoffentlich hast du hier nichts gegessen und dir womöglich den Magen verdorben! Bist du denn pünktlich gelandet? Um neun, sagtest du, oder? Tut mir Leid, dass ich dich nicht vom Flughafen abholen konnte.»

«Macht nichts. Ich hatte einen ereignisreichen Tag.»

«Wieso Tag?»

«Na ja, ich war um elf bei dir, und weil keiner da war, habe ich mir die Zeit anders vertrieben.»

«Um elf? Schätzchen, ist das denn die Möglichkeit!? Ich

dachte, du kommst abends an! Na gut, dass ich keine Zeit hatte, dich abzuholen. Dann hätte ich ja völlig umsonst am Flughafen gestanden! Ist das dein Gepäck? So wenig? Ober! Bringen Sie das bitte in den Wagen, und schicken Sie mir die Rechnung nach Hause. Name und Adresse dürften ja bekannt sein. Komm, Belle, meine Liebe, jetzt fahren wir erst mal nach Hause, und dann will ich alles über

dein Leben wissen. Wie lange haben wir uns nicht gesehen? Viel zu lange jedenfalls! Warum bist du eigentlich noch nicht verheiratet? Und wie gefällt dir mein neues Auto?»

Eine Stunde später sinke ich selig in die Kissen. Gesa hatte darauf bestanden, mir im Zeitraffer zu erzählen, was sie alles seit ihrer Scheidung erlebt hat. Ich war von meinen eigenen Gelüsten und exquisiten Problemen abgelenkt, aber ich glaube verstanden zu haben, dass es da einen sehr dicken und sehr reichen Mann gibt, der um sie wirbt.

Das Mondlicht fällt durch die Vorhänge, und ich kann natürlich überhaupt nicht einschlafen. Wer jemals am Abend eine Paella für zwei Personen gegessen hat, der weiß, dass man sich danach fühlt, als seien einem alle inneren Organe gegen originalgetreue Nachbildungen aus Zement ausgetauscht worden. Was mir immerhin die Möglichkeit gibt, mir die Geschehnisse auf der «Lady Harmony» in Erinnerung zu rufen. Dass ich mich seit dem Nachmittag bereits dreihundertmal daran erinnert und Mona fast in Originallänge erzählt habe, macht mir nichts aus. Ich schaue ja auch meine Lieblingsfilme immer wieder an. Und ich seufze immer wieder laut und aus vollem Herzen, wenn Hugh Grant sich am Ende von «Notting Hill» auf der Pressekonferenz meldet, um Julia Roberts zu sagen, dass er sich wie ein Idiot benommen hat und dass er sie liebt. Und wenn dann alle klatschen, bekomme ich eine Gänsehaut, und wenn sie nachher auf dieser Bank liegen, und sie ist schwanger und hat vorher noch schnell einen Oscar bekommen … Aber genug davon. Mein eigenes Leben macht mir zurzeit Gänsehaut. Und nicht, weil ich friere. Ist das nicht wunderbar?

Als wir aus dem Hafen von Andratx ausliefen, kam ich mir so toll vor, dass ich mich fast wunderte, warum uns keine Paparazzi in Motorschlauchbooten verfolgten. Ein normaler Mensch, der sich auf dem Wasser meist per namenloser Luftmatratze fortbewegt, macht sich ja keinen Begriff davon, was es heißt, auf der «Lady Harmony» unterwegs zu sein: eine Motoryacht, in etwa so groß wie Rheinland-Pfalz, mit einer Bulthaupt-Küche, drei Schlafzimmern, einem Ankleidezimmer und einem Salon, der mich von seinen Ausmaßen her an den deutschen Bundestag erinnert. Wirklich, ein absolutes Wahnsinnsteil. Ich bin sicher, dass es auf solchen Booten verboten ist, etwas anderes als Champagner zu trinken. Wahrscheinlich muss man beim Kauf einen Vertrag mit folgendem Passus unterzeichnen: «Der Käufer verpflichtet sich, an Bord der von ihm erworbenen Yacht keine bei Aldi, Hennes & Mauritz oder Budnikowsky gekauften Produkte zu verwenden. Ferner dürfen nur Frauen ab Körbchengröße C mit einem maximalen Körpergewicht von 45 Kilo die Yacht betreten.»

Und hier war ich, Annabel Leonhard, Lady 80 A, und kam mir irrsinnig toll vor – und irrsinnig fehl am Platz.

Es gibt wohl kaum eine männlichere Betätigung, als eine Yacht zu steuern, die größer ist als alle um sie herum. Da kommt es nicht mehr auf innere Werte, Reichtum, Schönheit oder ein Herz für Kinder an. Da zählt nur noch die pure Größe. Nicht auszuschließen, dass ich mich kurzzeitig auch für einen Zwerg mit Hasenscharte und zwei Köpfen interessiert hätte, wenn er am Steuerrad stehen würde.

«Wie heißt du eigentlich?», fragte ich und blinzelte ergriffen zu ihm hoch wie die Jungfrau Maria zum Erzengel Gabriel, als der ihr die unbefleckte Empfängnis in Aussicht stellte.

«Robin. Und du? Nein, warte, sag es nicht, lass mich raten.»

Na, solche Spielchen liebe ich ja. So was geht immer schief. Das ist wie wenn dich einer fragt: «Schätz doch mal, wie alt ich bin.» Und du sagst: «Bestimmt nicht älter als achtundzwanzig», weil du die blondierte Schnepfe auf Mitte dreißig schätzt, sie aber nicht unnötig gegen dich aufbringen willst. Und dann macht die ein beleidigtes Gesicht und sagt: «Ich bin fünfundzwanzig», und schon hast du eine Feindin mehr im Leben. Aus genau diesem Grund fühle ich mich auch immer aus der Bahn geworfen, wenn mich jemand genau richtig schätzt. Alle Menschen wollen in dieser Situation freundlich sein und lügen, was mithin bedeutet, dass ich in Wahrheit mindestens drei Jahre älter aussehe, als ich bin. Hoffentlich kam Robin – ein meines Erachtens ganz entzückender, jungenhaft verspielter, dennoch verheißungsvoll männlicher Name – nicht auch noch auf die lustige Idee, mein Gewicht erraten zu wollen. Und hoffentlich glaubte er nicht, dass ich Gudrun oder Hildegunde hieße.

«Du siehst aus wie, warte mal, ich würde sagen, du heißt bestimmt … Stella!»

«Tut mir Leid, voll daneben.»

Ich war erleichtert. Stella, das klang doch durchaus geheimnisvoll, auch etwas verführerisch, geradezu leidenschaftlich. Oder bildete ich mir da was ein?

«Darf ich dich trotzdem Stella nennen?»

«Klar, wenn du keinen Wert darauf legst, dass ich mich umdrehe, wenn du nach mir rufst.»

«Vielleicht könntest du dich ja im Laufe der Zeit an den Namen gewöhnen?»

«Vielleicht könntest du dich ja auch im Laufe der Zeit an meinen wirklichen Namen gewöhnen?»

«Hast du nicht manchmal Lust, dich neu zu erfinden? Das ist doch eine einmalige Gelegenheit. Ich gebe dir einen neuen Namen, und du denkst dir dazu ein neues Leben aus.»

«Und du? Wirst du mir auch nur erzählen, wie du gerne wärst, und nicht, wie du wirklich bist?»

«Ich bin schon so, wie ich gerne wäre. Halt dich fest!»

Er lachte, gab mehr Gas, und der Motor dröhnte tief und brodelnd. So ähnlich muss Mario Adorf klingen, wenn er schwer erkältet eine Rede hält. Wir ließen den Hafen hinter uns, und ich fragte mich, ob ich wohl so wirke wie jemand, der gerne jemand anderes wäre. Das wäre natürlich unvorteilhaft. Vielleicht machte ich auf Robin aber auch den Eindruck einer Frau mit überbordender Phantasie, mit der man aufregende Gedanken- und Rollenspiele probieren kann. Ich hoffte, Letzteres war der Fall. Auch wenn es absolut nicht stimmt.

Ich bin an der Wirklichkeit interessiert. Ich mag es, von Menschen kennen gelernt zu werden. Mich Stück für Stück vor jemandem zusammenzusetzen, mein Leben langsam zu entrollen wie ein geheimnisvolles Pergament. Immer, wenn mich jemand kennen lernt, lerne ich mich mit ihm zusammen auch noch einmal kennen. Und immer entdecke ich dabei etwas Neues an mir, weil ich auf eine Frage antworte, die mir noch nie gestellt wurde, oder mir diesmal eine ganz andere Antwort einfällt auf eine Frage, die ich schon hundertmal zu beantworten hatte.

Ich liebe diese Zeit, in der man vor den Augen des anderen Gestalt annimmt. Besonders dann natürlich, wenn Verliebtheit im Spiel ist. Es ist so spannend, herauszufinden, in wen man sich da eigentlich verliebt hat. Seine Geschichte kennen zu lernen, von seiner Familie zu hören, von seinen Freunden, was ihn glücklich, was ihn unglücklich gemacht hat. Das ist die Zeit, in der man alles zum ersten Mal gemeinsam tut, die Zeit, an die man sich später oft wehmütig und warm erinnern wird. Viel später, wenn man vielleicht bei einem Wein – mittlerweile weißt du längst, dass er am liebsten trockenen Roten aus Spanien trinkt – in der Küche sitzt und sagt: «Weißt du noch, als wir uns kennen gelernt haben ...?»

Manche lieben das Sichkennenlernen so sehr, dass sie es immer und immer wieder erleben wollen. Sie fangen ständig neue Beziehungen an, weil eben der Anfang jeder Liebe die schönste Zeit ist. Und so haben sie ständig schöne Zeiten, ständig aufregende Anfänge, erleben erste Küsse und erste Nächte am laufenden Band – bloß haben sie später niemanden, mit dem sie sich daran erinnern können. Nikos, Bens Freund, ist so ein Kennenlerner. Ein Dauerverliebter. Alle sechs Monate stellt er uns eine neue Freundin vor. Dann heißt es immer: Nikos hat was zu verkünden. Und das Schöne ist, dass er uns von Mal zu Mal in immer teurere Restaurants einlädt. Erstens, weil er jedes Mal glaubt, dass er nun endlich die Frau fürs Leben gefunden hat. Und zweitens, weil ihm die Sache uns gegenüber allmählich peinlich ist und er sich durch die Bestechung mit kostenintensiven Nahrungsmitteln und Weinen unser Schweigen erkaufen will. Er möchte einfach nicht, dass ich zu fortgeschrittener Stunde seiner Neuen erzähle, dass wir die vorletzte Neue mit Hafenblick im «Indochine» gefeiert haben. Und dass Nikos nur ungern daran erinnert wird, dass er seine letzte Neue genau an diesem Abend an der Bar kennen gelernt hat, während seine vorletzte Neue gerade längerfristig über dem Klo hockte, weil der asiatische Vorspeisenteller für ihren Hamstermagen zu mächtig gewesen war.

Nikos kennt keine Langeweile. Aber er kennt auch nicht das Gefühl, sich mit niemandem lieber zu langweilen als mit genau diesem Menschen, der da gerade unrasiert und unkommunikativ auf dem Sofa liegt und den Sonntagnachmittag völlig unkommentiert vorüberziehen lässt. Nikos hat sonntagnachmittags meistens Sex. Nikos hat sowieso meistens Sex. Er schaut sehr selten Fernsehen, und es ist eigentlich noch nie vorgekommen, dass Nikos mit einer seiner Freundinnen einen langen gemütlichen Video-Abend verbracht hat.

Eine wollte mit ihm mal unbedingt «Gladiator» mit Russell Crowe sehen. Doch schon während der ersten, sehr eindrücklichen Schlachtenszene, bei der Tausende wilde Germanen auf sehr unappetitliche Weise den Tod finden, fühlten sich die beiden aufs Seltsamste erregt, fielen übereinander her und verschliefen den ganzen großartigen Rest des Filmes. Wenn mich einer fragt, was die Definition von einer gesunden, lang andauernden Beziehung ist: keine Fummeleien, solange Russell Crowe, Bruce Willis oder, mein ganz persönlicher Spitzenreiter, Hans-Werner Meyer im Bild sind. Nikos hingegen sucht sich eine Neue, sobald ihm eine Filmszene mit Penelope Cruz wichtiger ist als ein Zungenkuss mit seiner Freundin. Ehe sie ihm langweilig und der Sex weniger leidenschaftlich wird. Ehe sie mit ihm zusammenziehen, seine CDs alphabetisch ordnen und seine Kinder zur Welt bringen will, trennt er sich wegen einer anderen. Die genauso ist. Bloß neu.

Ob Ben Nikos manchmal beneidet? Wahrscheinlich. Genauso wie ich ihn manchmal beneide. Man sollte es dem Partner gegenüber tunlichst nicht an die große Glocke hängen, aber die Sehnsucht, sich neu zu verlieben, überkommt jeden ab und zu. Da kann die Liebe noch so groß sein, wenn sie eine gewisse Dauer überschritten hat, bekommt man nicht mehr jedes Mal Herzrasen, wenn er sein Hemd aufknöpft. Das wäre ja auch komplett ungesund und extrem zeitraubend obendrein. Wie viele Jahrzehnte hat nicht eine jede von uns im Bad und vorm Kleiderschrank verbracht, um sich auf Begegnungen mit angebeteten Männern vorzubereiten! Wäre man ständig frisch verliebt, man könnte keiner geregelten Arbeit nachgehen, hätte keine Zeit mehr für Eltern, Freundinnen und Fettverbrennung und würde womöglich bei der Lieblingsserie für immer den Anschluss verpassen. Ich meine, ich erinnere mich noch gut daran, wie ich mich wegen meines Klassenkameraden Paul für zwei Wochen von der restlichen Welt verabschiedete. Es war eine aufregende Zeit, aber ich bin mir bis heute nicht sicher, ob meine Freundinnen während der Ausstrahlung der «Dornenvögel», die ich verpasste, nicht Großartigeres erlebten. Selbstverständlich werden solche einschneidenden Filmereignisse regelmäßig wiederholt, aber das ist nicht dasselbe. Es muss atemberaubend gewesen sein, live und völlig unvorbereitet den Tod von Stewi – vom Wildschwein ermordet, der arme Junge –, das Feuer auf Drogheda und den leidenschaftlichen Sex zwischen Maggie Cleary und Pater Ralph miterlebt zu haben. Mit Paul hingegen bin ich über Petting nie hinausgekommen.

Was ich aber eigentlich sagen wollte, ist, dass man nicht an seiner Beziehung zweifeln sollte, bloß weil man sich manchmal vorstellt, wie es wäre, in den Armen dieses unheimlich gut gebauten Fitnesstrainers einzuschlafen beziehungsweise nicht einzuschlafen. Oder wenn man manchmal in der Straßenbahn heimlich ein aus der «Hörzu» herausgerissenes Bild von Mister Supersexy Hans-Werner Meyer betrachtet und dabei leise seufzt. Der Mann ist verheiratet, und man würde sich zu Tode erschrecken, wenn er jetzt plötzlich vor einem stünde und sagte: «Ich will dich jetzt und für immer. Komm mit mir, du wunderbare begehrenswerte Frau!» Ich meine, was würde man da wohl sagen? Wahrscheinlich: «Kommen Sie doch heute Abend zum Essen zu uns. Mein Mann würde sich sicher freuen, Sie kennen zu lernen.» Es gibt ja im Grunde nichts Verstörenderes, als wenn Phantasien wahr werden. Das möchte man dann irgendwie auch nicht.

Träumen gehört dazu. Das ist normal, das macht nichts. Das kann man auch in jedem Partnerschaftsratgeber nachlesen. Schwierig wird es bloß, wenn sich zur Sehnsucht nach Abwechslung noch die Gelegenheit zur Abwechslung gesellt. Dann hat man nur zwei Möglichkeiten: Auf Nummer sicher gehen und machen, dass man ganz schnell wegkommt, um sich dann ein Leben lang zu fragen, was wohl aus der Sache geworden wäre. Oder: Risiko spielen. Sich darauf einlassen, ein Abenteuer zu erleben, um sich dann ein Leben lang zu fragen, was wohl geworden wäre, wenn man sich nicht darauf eingelassen hätte.

Nun, heikel ist es so oder so. Was mir jedenfalls völlig klar wurde, und mehr wollte ich gar nicht zum Ausdruck bringen: dass ich auf keinen Fall Robins blödes Ich-nenne-dich-Stella-und-du-denkst-dir-ein-neues-Leben-aus-Spielchen mitspielen wollte. Andererseits hatte ich auch nicht vor, gerade wo unsere Beziehung noch so frisch war, als Langweilerin dazustehen. Ich traf also eine, wie ich fand, irre weise Entscheidung. Ich ahnte zu diesem Zeitpunkt noch nicht, wie viele Scherereien sie nach sich ziehen würde. Ich beschloss, ihm mein eigenes, kümmerliches Dasein als mein frisch ausgedachtes Leben zu präsentieren. Ich müsste mir keine komplizierten Lügengebilde ausdenken, was mir, weil ich so schrecklich vergesslich bin, sowieso nur schlecht gelungen wäre. Und es würde trotzdem so aussehen, als wäre ich keine Spielverderberin, und dieser wunderbare Robin würde mich kennen lernen, ohne es zu merken. Was für ein schlauer Schachzug!

«Hallo, Stella! Spielst du nun mit?»

«Klar. Darf ich mal steuern?»

Ich will nicht übertreiben, aber es schien doch sehr so, als hätte mich das Schicksal dazu auserwählt, eine Yacht so schwer wie eine von Rainer Calmund angeführte Elefantenherde elegant und aus dem Handgelenk über die Weltmeere zu lenken. Robin erklärte mir die verschiedenen Hebel. Ich kam hervorragend damit zurecht, was mich selbst am allermeisten erstaunte, da ich erst vor wenigen Wochen nicht in der Lage gewesen war, das Verdeck des Saab-Cabrios meiner Freundin Steffi zu schließen.

Ich hatte mir den Wagen von ihr geliehen, weil ich Freunde auf dem Land besuchen wollte und keine Lust hatte, mich in meine alte und noch dazu überdachte Golf-Gurke zu zwängen. Ich startete bei schönem Wetter, aber kaum war ich auf der Autobahn, zog es sich zu. Auf dem Rastplatz drückte ich hektisch ein paar Knöpfe. Nichts Erwähnenswertes geschah, abgesehen davon, dass ich bei der Gelegenheit feststellte, dass die Scheibenwischerdüsen falsch eingestellt waren und das Wischwasser nicht auf der Frontscheibe landete, sondern auf dem Kopf des

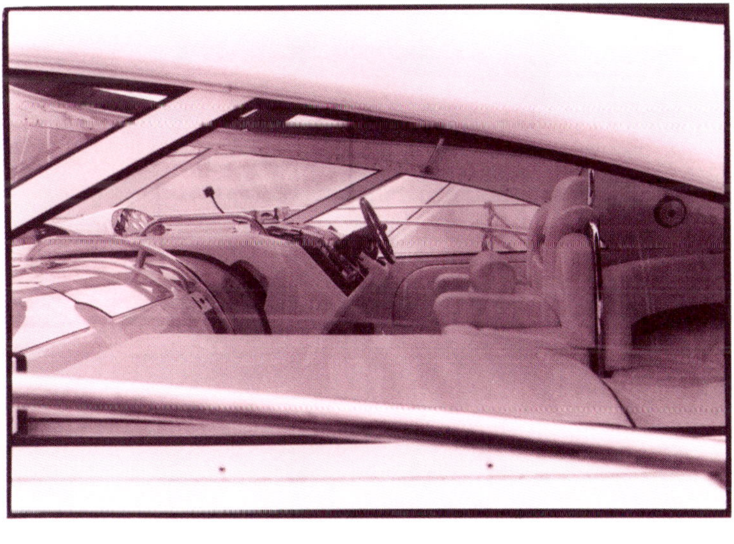

Fahrers, in diesem Falle also meinem. Als es dann wirklich anfing zu regnen, hatte ich keine Wahl.

Ich bretterte mit Vollgas Richtung Hannover. Denn so viel physikalisches Verständnis habe ich auch, dass ich weiß, dass Regen in der Regel von oben kommt. Außer wenn man sehr schnell fährt, dann kommt er von vorne. Es war eine anstrengende Fahrt, weil ich mein Tempo keinesfalls unter hundertzwanzig verringern durfte. Ich kam mir vor wie Sandra Bullock in «Speed», scheuchte mit Lichthupe BMWs von der linken Spur und hupte einen lahmarschigen Golf aus dem Weg. Im Vorbeirasen glaubte ich zu erkennen, dass es sogar dasselbe Modell wie meines war. Ich gebe es ungern zu, aber während dieses Ausfluges entdeckte ich ganz neue Seiten an mir. Normalerweise bin ich die, die von der rechten Spur aus laut über die aggressive Fahrweise von Leuten mault, die auf der linken Spur zu wohnen scheinen. Aber wenn man es eilig hat und den entsprechenden Wagen fährt, wird man automatisch zur Sau. In meinem Golf habe ich gar nicht die Möglichkeit, es eilig zu haben. Ich hatte also bisher einfach nicht die Wahl, andere Verkehrsteilnehmer herablassend zu behandeln. Und ich schämte mich ein wenig dafür, dass ich die Chance, als sie sich mir endlich mal bot, sofort ergriff. Aber es hat einen affenartigen Spaß gemacht.

Ich traf eine halbe Stunde vor der ausgemachten Zeit bei meinen Freunden ein. Die erwarteten mich – ich hatte von unterwegs per Handy Alarm geschlagen – vor ihrer Mühle in Ermangelung einer Garage mit einer riesenhaften Plastikplane, mit der sie sonst ihren Heuhaufen abdecken.

Nein, ich bin technisch wirklich nicht sehr begabt, das

muss ich unumwunden zugeben, aber diese Yacht machte mir Freude. Robin erklärte mir, an welchen Buchten wir vorbeifuhren, und ich war heilfroh, dass er mir beziehungsweise Stella noch keine einzige Frage gestellt hatte. Wir plauderten bloß über die Insel, über das Meer, wie wunderbar klar das Wasser sei und dass man auf einem Boot viel schneller Sonnenbrand bekäme als an Land. Belanglosigkeiten eben. Nichts von Bedeutung. Und trotzdem hatte ich ein schlechtes Gewissen. Weil ich mich lachen hörte wie ein Teenager. Weil ich mir ständig unsicher durch die Haare fuhr. Und weil ich, als mir Robin seine Hand auf den Arm legte, um mich auf einen Wasserskifahrer aufmerksam zu machen, den ich zielstrebig ansteuerte, dachte, dass ein vaginaler Orgasmus nicht besser sein könne. Ja, es gab wirklich Grund, sich Sorgen zu machen. Aber mit etwas Mühe ist ein schlechtes Gewissen eine Zeit lang gut zu verdrängen.

Ich konzentrierte mich also auf die Betrachtung meiner näheren Umgebung, insbesondere der von Robins Oberschenkeln. Ich bin sonst eigentlich kein oberflächlicher Typ. Gut, wenn ich wählen müsste, ich hätte lieber den Mann, der einen straffen Hintern hat, als den, der keinen Themenabend auf «Arte» verpasst. Robins Oberfläche gefiel mir aber so derartig gut, dass ich mir wünschte, sie wäre dicht und reißfest. Dann könnte nichts, was die schöne Ansicht verderben würde, nach außen dringen. Ich würde Robin einfach nur anschauen und anfassen und wäre zufrieden. Wie ein Geschenk, dass man am liebsten nicht von Schleifen und Seidenpapier befreien möchte, weil die Verpackung womöglich wesentlich schöner ist als der Inhalt. Dieser makellose Mann könnte zum Beispiel

Tanga-Slips tragen oder gar Britney Spears-Fan sein. Man soll den Teufel nicht an die Wand malen, aber ich fürchtete, mir könnten Robins Beine besser gefallen als seine Persönlichkeit. Und das wäre so jammerschade gewesen: diese langen, schlanken, festen, muskulösen, mit von der Sonne gebleichten Haaren verzierten … Ach was, ich würde Robin mögen, egal wie er innen aussieht. Dazu war ich fest entschlossen. Solche Schenkel laufen einem nicht zweimal im Leben über den Weg.

«Hey, guck mal, da oben wohne ich!»

Robin und ich waren auf der Rückfahrt und schipperten gerade an der Bucht von Cala Llamp vorbei. Tante Gesas Anwesen thronte wie ein selbstzufriedener Buddha auf dem Hügel und sah sehr imposant aus.

«Siehst du das Gästehaus mit den blauen Fensterläden?» Ich reichte Robin das Fernglas. «Da wohne ich mit Meerblick vom Bett aus.» Robin lachte, als hätte ich einen vortrefflichen Scherz gemacht. Dabei fiel mir wieder auf, was für lustige Augen er hatte und dass es echt nicht viele Männer gibt, die so ungehemmt lachen. Die meisten, die ich kenne, halten jede Art von raumgreifenden Gefühlsäußerungen für unmännlich. Männer mögen es, glaube ich, wenn sie einem nicht den geringsten Anhaltspunkt dafür liefern, was in ihnen vorgeht. Wahrscheinlich deshalb, weil oft nichts in ihnen vorgeht.

Robin war von Gesas Villa offensichtlich beeindruckt. «Keine schlechte Wahl. So beginnt also das neue Leben von Stella X. Mal sehen, wie konsequent du spielst. Soll ich dich mit dem Waverunner ans Ufer bringen? Angeblich bist du ja schon fast zu Hause.»

«Gerne! Ich habe allerdings keine Ahnung, was ein Waverunner ist.»

Wie wunderbar, wenn man nicht lügen muss und trotzdem für phantasievoll gehalten wird! Ein Superspiel! Und Robin dachte sicher, dass ich mir, sobald er mit seiner dicken Yacht um die Ecke verschwunden wäre, ein Taxi rufen würde, um zu meiner Unterkunft zu gelangen, vermutlich einem verlotterten Campingplatz irgendwo im Hinterland.

Der Waverunner stellte sich als eine Art zweisitziges Motorrad auf Wasserskiern heraus. Ich kann nur jeder Frau empfehlen, mit dem Mann, dem sie dringend, aber unauffällig näher kommen möchte, auf so ein Ding zu steigen. Zugegeben, im Alltag ergibt sich die Möglichkeit eher selten. Da bleibt meist nur die alte Nummer: Horrorfilm im Kino gucken und dann, wenn man sie nicht ohnehin hat, schwache Nerven vortäuschen. Ich hingegen klammerte mich völlig unverdächtig an Robin fest und war der glücklichste Mensch der Welt. Mit irrer Ge-

schwindigkeit hopsten wir über Wellen, und ich musste mehrmals laut «Jipiii» schreien, um meiner Begeisterung angemessen Ausdruck zu verleihen. Am Ufer drückte ich Robin zum Dank.

«Ach, das war wunderbar! Vielen Dank fürs Mitnehmen!»

«Wie kann es denn sein, dass du in dieser Millionärshütte wohnst, aber noch nie mit einem Waverunner gefahren bist?»

Ha, wollte mich der Phantasielosigkeit überführen, der Schlaumeier. Nicht mit mir.

«Das Haus gehört meiner Tante. Ich bin nur zu Besuch da.»

«Wie lange bleibst du?»

«Bis Sonntag.»

«Ist das die Wahrheit?»

«Vielleicht.»

Nee, was kam ich mir toll und geheimnisvoll vor. Ich strich mir das nasse Haar aus der Stirn, so wie es die Bond-Girls immer tun, wenn sie aus dem Meer steigen.

«Dann sollten wir uns möglichst bald wiedersehen, oder?»

Robin schaute mich ein bisschen unsicher an, was mein Selbstbewusstsein ins Unermessliche steigen und mich lässig antworten ließ: «Das sehe ich auch so. Vielleicht morgen?»

Oder war das jetzt doch zu gewagt? Einen Moment lang fürchtete ich, zu weit gegangen zu sein. Aber nein, es war gut gegangen.

«Soll ich dich um vier hier abholen? Wir könnten zu einer schönen Bucht im Norden fahren. Hast du Lust?»

«Nur, wenn es eine einsame Bucht ist.»

Donnerwetter, ich fand mich einfach irre lasziv. Hatte bisher gar nichts von dieser Begabung gewusst.

«Ziemlich einsam.»

«Wie erfreulich.»

«Allerdings. Und, was ist mit dir?»

«Was soll mit mir sein?»

«Bist du noch zu haben, Stella X?»

«Genau um das herauszufinden, bin ich hier.»

Wau, also wirklich, wie cool das klingt! Ich bin von mir selbst zutiefst beeindruckt, und auch Robin schaut mich äußerst interessiert an.

«Dann also bis morgen.»

Ich war mir nicht ganz sicher, ob ich mich einfach umdrehen und gehen sollte. Zu cool kann auch abschreckend wirken. Man muss versuchen, das richtige Maß zwischen Lässigkeit und Mädchenhaftigkeit zu finden. In Anbetracht des Zeitdrucks beschloss ich, eher geradlinig vorzugehen.

«Ich freue mich schon sehr auf dich.»

«Und ich mich auf dich.»

Robin zog mich an sich und, ja, meine Güte, was soll ich sagen? Seine Lippen schmeckten nach Salz, und er hatte eine Hand Besitz ergreifend um meinen Nacken gelegt, so, wie es mir bisher nur aus amerikanischen Spielfilmen bekannt war, und, verdammt nochmal, es war wirklich einer dieser Küsse, die einem durch den ganzen Körper gehen, aber dann schließlich hauptsächlich im Unterleib ein unglaubliches Feuer legen. Um es klar zu sagen, sodass es nicht klingt wie im Liebestaumel dämlich gestottert: Es war einer dieser seltenen Küsse, bei denen du dich bereits, während er geschieht, drauf freust, deiner besten Freundin davon zu erzählen.

Auf dem Weg nach Hause stöhnte und seufzte ich ohne Unterbrechung leise vor mich hin. Ungelogen.

# «Falsches Schuhwerk in jungen Jahren»

Ich glaube nicht, dass ich heute Nacht insgesamt länger als eine Dreiviertelstunde geschlafen habe. Aber ich sehe an diesem Morgen trotzdem hervorragend aus, das muss ich so unbescheiden sagen. Rosig, strahlend, jung. Na ja, verliebt eben.

Gegen drei Uhr morgens war mir eingefallen, dass Mona mir doch eine SMS schicken wollte. Ich schaute nach, musste aber feststellen, dass der Akku meines Handys leer war. Dunkel und erloschen lag es in meiner Handtasche. Ich war überrascht, dass ich mich erleichtert fühlte. Ich wollte gar nicht wissen, was Mona mir geraten hätte. Ich wollte auch gar nicht wissen, wann sich mein Ben melden würde. Ich war nicht mehr erreichbar. Ein Zustand, den ich noch wenige Stunden zuvor unerträglich gefunden hätte. Jetzt fühlte ich mich dadurch viel weiter entfernt von zu Hause als die zweieinhalbtausend Kilometer zwischen Mallorca und Hamburg. Ich war nicht mehr erreichbar. Alles, was in den nächsten Stunden oder Tagen geschehen würde, würde einfach nur geschehen. Ich würde es nur erleben und es niemandem am Telefon erzählen oder verschweigen müssen.

Ich war wie in einer anderen Welt, vollkommen frei, unbeobachtet, unschuldig. Als würde nichts wirklich geschehen, als hätte ich ein paar extra Tage zur freien Verfügung geschenkt bekommen, ohne mich bei jemandem rechtfertigen zu müssen für das, was ich tun oder lassen würde. Ich fühlte mich, als sei ich nicht mehr ich selbst. Nicht mehr Annabel Leonhard, die mit einer Getreidemühle Schwung in ihr langweiliges Leben bringen will. Nicht mehr Annabel, die lädierte Stofftiere sammelt und seit viereinhalb Jahren einen Freund hat, der Austern nicht gut verträgt. Nicht mehr Annabel, die grundsätzlich niemals Toilettentüren abschließt, weil sie Angst hat, dass sie nicht wieder rauskommt.

Das ist mir nämlich einmal passiert. Es war an Monas achtzehntem Geburtstag, und alle haben sich köstlich amüsiert, dass Monas Vater das Schloss raussägen musste, um mich aus dem Klo zu befreien. Ein grauenhaftes, ein prägendes Erlebnis.

Ich bin nicht mehr erreichbar, und ich bin nicht mehr die, die ich immer war. Hier ist niemand, der mich kennt. Außer Gesa, aber die kennt mich nicht so, wie ich im Alltag bin. Ich kann noch nicht mal meine eigenen Kleider tragen. Mein Koffer, wurde mir heute mitgeteilt, befindet sich zurzeit in Bangkok. Niemand erwartet hier von mir, dass ich so bin, wie ich immer bin. Niemand hier weiß, wie ich immer bin. Außer mir. Warum also nicht anders sein? Warum also nicht Stella sein? Was für eine herrliche Freiheit. Ein neues Leben ausprobieren, einen neuen Charakter, eine neue Art zu lieben, vielleicht. Ich ging zu Bett und schlief ein.

«Schätzchen, du siehst phantastisch aus! Was so ein bisschen Sonne doch ausmacht. Jetzt müssen wir nur noch dein Gewichtsproblem in den Griff kriegen.»

«Guten Morgen, Tante Gesa. Ist das herrlich hier!»

Meine Tante sitzt in einem rosafarbenen Seidenkimono beim Frühstück auf der Terrasse. Das Meer unter uns ist spiegelglatt. Es ist schon jetzt klar, dass es ein heißer Tag werden wird. Außer dem Vogelgezwitscher und dem luxuriösen Geräusch der Rasensprenger ist es vollkommen still. Abgesehen von Gesa, aber die ist nie still.

«Ich freue mich jeden Morgen, dass ich dem alten Matuschke die Villa abgeluchst habe. Er hatte sie gerade erst gekauft, mit überdachtem Barbecue-Platz, zwei Pools, einer Sauna, zwei Gästehäusern und drei philippinischen Hausangestellten. Ein wunderbarer Ort – aber sag mal, Belle, deine Füße sehen ja furchtbar aus! Warte mal, ich hole mal kurz mein Werkzeug. Du kannst während der Pediküre ruhig weiterfrühstücken. Lieber die Hornhaut auf dem Brötchen als an den Fersen. Nein, nein, keine Widerrede, es soll sich doch für dich lohnen, dass deine alte Tante gelernte Fußpflegerin ist!»

Der Akt der Pediküre ist einer, der von Seiten des Behandelten absolute Demut erfordert. Du begibst dich mit deinen Füßen, also deinen beiden wahrscheinlich hässlichsten Körperteilen, in fremde Hände. Gesa schleppt einen Koffer an. Als sie ihn öffnet, fühle ich mich auf beklemmende Weise an den Film «Der Marathon-Mann» mit Dustin Hoffman erinnert, genauer gesagt an die Szene, bei der ich immer weggeguckt habe, wo sie ihm mit furchtbarsten Geräten entsetzliche Zahnschmerzen bereiten. Mit Sicherheit eine der schrecklichsten Aua-Aua-Sequenzen der Filmgeschichte. Gleich nach dem schlimmen Moment, in dem Toby McGuire als Spiderman seinen Großvater verliert. Aber natürlich noch weit entfernt von der schockierenden Szene, in der Romy Schneider als Sissi mit anhören muss, wie ihre fiese Schwiegermutter dem Kaiser sagt, dass Sissi lungenkrank sei und wahrscheinlich sterben müsse. Und wie er dann ruft: «Ich kann mir ein Leben ohne Sissi gar nicht vorstellen!», und die herzlose Erzherzogin Sophie ihm sagt, er müsse schon jetzt an eine Wiederheirat denken, weil das Land eine gesunde Kaiserin und einen gesunden Thronfolger brauche. Und wie der Kaiser weinend zusammenbricht und schluchzt: «Wenn es Gottes Wille ist, mir das Liebste im Leben zu nehmen, dann werde ich nie, nie wieder heiraten!» Nun, ich muss sagen, das geht mir als Zuschauerin an die Substanz.

Gesa rückt meinen Füßen mit Geräten zuleibe, mit denen man sicherlich auch einen Oberschenkel hätte amputieren können. Es ist der nackte Horror. Es tut zwar nicht weh, aber es sieht so aus, als täte es weh. Was mir für immer auf schrecklichste Weise unvergesslich bleiben wird – ich weiß es in dem Moment, wo ich ihn zu Gesicht bekomme –, ist der Hornhauthobel. Das Ding ist nichts für zarte Gemüter. Ruckartig drängt sich mir die Erinnerung an die Gewinnung von frischem Parmesan auf, der über Rucola-Salat gehobelt wird.

«Jetzt schäl ich dir noch die Hornhaut ab, und dann hast du Füße wie ein Baby», flötet Gesa.

Ich werde fast ohnmächtig, weil ich mich plötzlich vor meinen eigenen Füßen ekele. Gut, wir hatten nie ein besonders freundschaftliches Verhältnis, aber unsere Beziehung war immerhin von gegenseitigem Respekt geprägt. Es mag sein, dass ich sie etwas vernachlässigt habe. Das liegt aber auch daran, dass sie einfach so weit weg sind vom denkenden Teil meines Körpers. Ich komme schlecht dran, und ich weiß nicht, wie man abgeschnittene Nägel

korrekt auffängt, sodass sie sich nicht in der ganzen Wohnung verteilen. Erst neulich bin ich auf der Suche nach «Die Hochzeit meines besten Freundes» zwischen den Videokassetten einem ehemaligen Zehennagel begegnet. Das fand ich schon ziemlich fies. Aber dieser Hobel … Der Appetit auf mein Nutella-Brötchen ist mir jedenfalls vergangen. Hoffentlich für immer.

«So, fertig, Schätzchen. Na bitte, das sieht doch schon ganz anders aus! Dieser eine hier, aus dem wird mal ein Hammerzeh, aber dagegen kann man nichts machen. Falsches Schuhwerk in jungen Jahren.»

Ich wage einen Blick auf meine neuen Füße. Sehen wirklich ganz anständig aus. Frisch lackiert, gefeilt, geschält – mir wird wieder leicht übel – und ganz weich anzufassen. Ein völlig neues Fußerlebnis. Ich frage mich, was Robin wohl sagen wird, wenn er mich so sieht. Wenn er was sieht. Vielen Männern fallen solche wesentlichen Veränderungen ja nicht auf den ersten Blick auf. Könnte sein, dass Robin da keine Ausnahme darstellt. Manche Männer bemerken ja nicht einmal, wenn man eine neue Nase hat oder eine Gasmaske trägt.

«Mach's dir gemütlich, Belle. Ich fahre kurz in den Ort. Ich habe eine Überraschung für dich!»

«Oh, Gesa, bitte keine Überraschung! Sag mir, was du vorhast. Heute Abend zum Beispiel habe ich keine Zeit. Ich habe da nämlich, äh, einen alten Bekannten getroffen, rein zufällig. Wir wollen uns bereits am Nachmittag treffen, um …»

«Schon gut, schon gut. Also, um das Geheimnis zu lüften: Ich werde am Samstag ein Fest für dich geben. Ich will, dass all meine Freunde dich kennen lernen. Nein, du kannst nicht mehr nein sagen, weil ich schon alle eingeladen habe. Du fliegst doch am Sonntag zurück, oder? Siehst du, und da feiern wir hier deinen Abschied. Ab acht kommen die Gäste, wir schmeißen den Grill an, schmücken den Pool mit Lampions und trinken Champagner. Ach, das wird herrlich! Ich liebe Poolpartys! Meist landet irgendjemand im Wasser, oder eine Beziehung geht zu Bruch. Ich freue mich jetzt schon. Und deinen neuen Freund bringst du natürlich mit. Ich will ihn unbedingt kennen lernen. Ich muss doch wissen, wer meiner kleinen Belle so den Kopf …»

«Er ist nicht mein neuer Freund! Wie gesagt, ein alter Bekannter, den ich zufällig …»

«Ja, ja, hör schon auf, ich muss los, das Büfett für Samstag bestellen. Tss, tss, dass ich nicht lache. Ein Tag in der Sonne mag ja einiges bewirken, aber du, mein Schätzchen, du strahlst so derartig entrückt über alle vier Backen. Und daran sind in der Regel keine alten Bekannten schuld. Na, was soll's, ich misch mich da nicht ein. Hauptsache, du lässt es dir gut gehen. Hab einen schönen Tag, Belle. Bussi, Bussi.»

Das Schöne ist ja, ohne Koffer hat man auch keine Garderobe. Und wenn man keine Garderobe hat, muss man auch nicht lange darüber nachdenken, was man anzieht. In einer halben Stunde erwartet mich Robin im Strandclub. Tante Gesa hat mir ein riesiges himmelblaues Tuch gegeben, das man durch trickreiche Verschnürungstechniken wahlweise in ein Kleid oder einen Rock verwandeln kann. Dazu passt der rosafarbene Strickbikini, den sie für mich rausgesucht hat. Sie ist zwar wesentlich dünner als ich, aber die Weite von Ober- und Unterteil ist verstellbar, und in Sachen Brustgröße kommt es erschreckenderweise ziemlich gut hin. Ich betrachte mein Gesicht. Ben fände die Sommersprossen sexy, die da bereits auf meiner Nase zu blühen beginnen. Ich hingegen hatte eine ganz frische Sprosse, einen Sprössling sozusagen, heute Morgen für einen Mitesser gehalten und minutenlang daran herumgedrückt, ehe ich das Missverständnis bemerkte. Die unschöne Rötung war zum Glück bereits abgeklungen.

Aber viel wichtiger als solche Äußerlichkeiten ist natürlich meine Ausstrahlung. Daher bin ich enorm froh, dass ich meine diversen Kontaktlinsen immer vorausschauend in meiner Handtasche bei mir führe. Nicht auszudenken, wenn man, so wie ich heute, in eine vielleicht zukunftsweisende Situation gerät, und man hat nicht die richtige Augenfarbe dabei! Selbstverständlich wähle ich für den mir bevorstehenden Anlass die blauen Linsen. Ich habe da eine Theorie entwickelt, auf die ich schon ein wenig stolz bin. Der Beginn einer Beziehung verläuft in vier Stufen, die genau den käuflichen Augenfarben entsprechen: Blau, Grün, Braun und Natur.

**Royal Blue** ist die perfekte Augenfarbe für Bewerbungsgespräche, Tagesausflüge und Sommerflirts. Blau wirkt natürlich, gradlinig und deutet auf ein gesundes Verlangen nach mehrmaligem Geschlechtsverkehr pro Tag hin. Blau verleiht selbst der neurotischsten Superzicke, die nur zimmertemperiertes Evian mit einer Messerspitze Kalzium trinkt, etwas Unkompliziertes. Das royale Blau ist leicht, lebendig, gut gelaunt. Es signalisiert Männern: Mit dieser Frau kannst du Spaß haben. Sie wird nicht nach dem ersten Sex fragen, worauf die Sache zwischen euch denn nun zusteuert. Sie wird dich nicht nach dem ersten Kuss mit Zunge deinen Eltern vorstellen wollen oder am ersten gemeinsamen Morgen Dinge sagen wie: «Weißt du eigentlich schon, was du dieses Jahr an Weihnachten machst?»

**Evergreen** benutze ich gerne für Abendeinladungen, weil es mir, wie ich finde, etwas Unergründliches verleiht.

Mit grünen Augen fühle ich mich, als hätte ich Geheimnisse. Als hätte ich ein uneheliches Kind und niemals den Namen des Vaters preisgegeben. Als führte ich ein Doppelleben und verwandelte mich nach Einbruch der Dunkelheit in Catwoman, die atemraubende, gefährliche Rächerin aller gedemütigten Frauen, denen von Männern, die nach Feierabend Unterhemden tragen, willkürlich das Haushaltsgeld gekürzt wird.

**Cosy Brown** trage ich, wenn ich besonders einfühlsam, verständnisvoll und beruhigend auftreten will. Mit braunen Augen zieht man kaum Aggressionen auf sich, man sieht immer so aus, als könne man gut zuhören und sei ein Mensch, der Schlimmes erlebt und Besseres verdient hat. Sehr zu empfehlen für Gehaltsverhandlungen mit männlichen Chefs, für Problemgespräche mit dem Partner oder wenn abends die beste Freundin vorbeikommt, weil sie zum sechsten Mal von ihrem Freund verlassen worden ist. Von dem Freund, den man von Anfang an nicht leiden konnte, der so langweilige Geschichten erzählt, dass man selbst mit braunen Augen kein interessiertes Zuhören mehr simulieren kann. Wo man nach jeder Trennung hofft, dass es diesmal bitte endgültig sein soll, und er nicht, wie bisher jedes Mal, nach vier Tagen reumütig zurückkehrt.

Es empfiehlt sich also, in der Phase des Kennenlernens zunächst Royalblau zu tragen, niemals umgehend auf seine Anrufe zu reagieren und hin und wieder, wenn er fragt: «Sehen wir uns heute Abend?», zu antworten: «Och, heute habe ich schon was anderes vor, lass uns doch die Tage nochmal telefonieren.» In der blauen Phase selbstverständlich zu unterlassen sind Fragen nach potenziellem Kinderwunsch, beruflichen Perspektiven, Kritik an seinen Lieblingshosen, an seinem besten Kumpel und abfällige Bemerkungen über seine Exfreundin.

Zu den vertrauensbildenden Maßnahmen zählen: Andeutungen, dass man zurzeit an einer festen Beziehung nicht interessiert sei. Nebenbei zu erzählen, dass man bisher leider die Erfahrung gemacht habe, dass das eigene sexuelle Interesse nach sechs Wochen mit dem gleichen Mann drastisch nachlässt. Zu erwähnen, dass man noch nie in Therapie gewesen wäre.

Schön sind, nach den ersten geschlechtlichen Begegnungen, auch Äußerungen wie: «Hey, das war super. Sex ohne Liebe macht einfach mehr Spaß.» Oder: «Ups, schon so spät. Du, sei nicht böse, aber ich bin noch verabredet. Ich hab ja deine Nummer.»

Nach ein, zwei, in hartnäckigen Fällen auch erst nach vier Wochen kann man dann vorsichtig, zumindest an den Abenden, zu Evergreen übergehen. Jetzt ist die Zeit gekommen, wo man es wagen sollte, zu offenbaren, dass man nicht nur gut gelaunt und gut im Bett ist, sondern auch eine weiterführende Schule besucht hat. Frauen, die in Harvard studiert haben oder mehr als hundertfünfzigtausend Euro im Jahr verdienen oder nächste Woche den Oscar für die beste weibliche Hauptrolle bekommen, sollten diese Information unbedingt erst am Ende von Phase Grün preisgeben, wenn überhaupt. Es könnte sonst zu einer Spontanerschlaffung seiner Manneskraft kommen. Und dann liegst du wieder mal neben einem schwitzenden Typen und sagst: «Ach Schatz, das macht doch nichts.» Natürlich macht es was, aber Aufrichtigkeit wird völlig überbewertet, und ein klares ehrliches Wort zur falschen

Zeit hat schon manch unnötigen Unfrieden gestiftet und einige männliche Egos in ihren Grundfesten erschüttert.

Dennoch wird mit Evergreen eine Phase relativer, ich betone: relativer Offenheit eingeleitet. Wenn Royal Blue ganze Arbeit geleistet hat, wird er von sich aus auf das Thema gemeinsamer Urlaub und eventuell auch schon gemeinsame Wohnung kommen. Es wird ihm langsam unheimlich sein, dass sie ihm so viel Freiheit lässt, sich niemals aufregt, wenn er sich verspätet, und nach einem Abend, den er mit seinen Kumpels verbringen wollte, nicht verbiestert fragt, ob da nicht zufällig vielleicht doch auch eine Frau dabei gewesen sei.

Zwar wünschen sich alle Männer in der Theorie eine unkomplizierte Partnerin, aber in der Praxis fühlen sie sich von so einer auf Dauer nicht ordentlich geliebt. Sie werden beschämt und ein wenig eifersüchtig schweigen, wenn ihnen ihr bester Freund von häuslichen Dramen berichtet, von brennenden Betten und zerschelltem Geschirr.

Das ist die Heldentat des modernen Mannes: an der Seite von modernen Frauen zu überleben. Geduld zu bewahren, wenn sie vor ihrem Kleiderschrank in Tränen ausbricht. Nicht nervös zu werden bei Dialogen wie:

«Soll ich das Blaue oder das Rote anziehen?»

«Das Rote, würde ich sagen.»

«Du magst das Blaue also nicht!»

In einem Zeitalter, wo Frauen in der Lage sind, ihre Brustvergrößerung selbst zu bezahlen und sich Autos zu kaufen, die man sonst nur aus James Bond-Filmen kennt, fällt es Männern zunehmend schwerer, sich zu irgendwas nütze zu fühlen. Zu Recht, muss man sagen. Deswegen ist es wichtig, dass Frauen Männern das Gefühl vermitteln, sie würden irgendwie gebraucht. Genau das geschieht in Phase Grün. Nachdem man drei Wochen so getan hat, als sei man eine Frau zum Pferdestehlen, beginnt man jetzt, so zu tun, als wäre man eine Frau, der man aufs Pferd helfen muss.

Der positiven Entwicklung der Beziehung dienlich und natürlich viel glaubwürdiger ist es, wenn man tatsächlich bei irgendwas Hilfe braucht oder vor irgendwas schlimme Angst hat. Evergreen ist die rechte Zeit, um Phobien und Unfähigkeiten einzugestehen – oder auch zu entwickeln. Es ist die Zeit der Aufgabenverteilung, und dabei darf man ruhig relativ konservativ vorgehen. Zwar ist es mittlerweile völlig in Ordnung, wenn der Mann das Kochen übernimmt, aber einige Klassiker wie Fotoalben beschriften und Duftsäckchen für den Kleiderschrank nähen sollten Frauen weiterhin für sich beanspruchen. Männer dürfen dafür den Grill anzuzünden. Ich bin übrigens davon überzeugt, dass achtzig Prozent aller Frauen nur ihren Männern zuliebe so tun, als hätten sie Angst vor Spinnen. Es sind weise Frauen, die ihre grünen Kontaktlinsen mit Stolz tragen dürfen.

Es ist Zeit für Cosy Brown, wenn er dich vor Freunden «Puffelschnuffel» nennt, und du ihm die Pickel auf dem Rücken ausdrückst. Dann kannst du eigentlich auch gleich auf farblose Linsen umsteigen. Die sind billiger.

## «Kein Alkohol ist auch keine Lösung»

Wie war ich, wer war ich, wonach habe ich mich gesehnt, als ich zum letzten Mal so viel Sternenhimmel über mir hatte? Wie bin ich, wer bin ich, wonach sehne ich mich jetzt? Wann war ich glücklich? War ich es oft genug? Habe ich es immer rechtzeitig bemerkt, wenn ich glücklich war? Oder erst im Nachhinein, bei der Erinnerung oder beim Durchblättern eines Fotoalbums? Ich kenne einige Menschen, denen erst, wenn es ihnen schlecht geht, klar wird, wie gut es ihnen vorher ging. So bin ich nicht. Ich bin froh, dass ich zu denen gehöre, die das Glück bemerken, wenn es da ist, und die es auskosten und teilen und mitteilen.

Und jetzt? Bin ich jetzt glücklich? Ich liege an einem großen Strand, eingewickelt in mehrere Handtücher. Robin, auch in Handtücher gewickelt, liegt neben mir. Schon seit einer Stunde. Ohne Berührung. Manchmal sprechen wir ein paar Worte. Aber meist liegen wir einfach nur da, und ein bisschen scheint es mir, als gingen unsere Gedanken Hand in Hand spazieren. Nun ja, zumindest im Prinzip. Es gibt ja Situationen, die sind so innig, dass es profan wäre, an Sex zu denken. Natürlich denkt man trotzdem an Sex. Und dann schämt man sich ein bisschen, weil es so unpassend ist und man den schönen Moment damit versaut, dass man statt an die spirituelle Intimität eben doch wieder bloß an Sex denkt.

Ja, das kann auch einer Frau so gehen. Da geben sich Männer Mühe, bei potenziell romantischen Gelegenheiten Zurückhaltung zu üben, Sonnenuntergänge, Lieder von Randy Crawford und sternenklare Nächte andächtig und ohne Fummeleien durchzuhalten, während wir Frauen Däumchen drehend auf Petting hoffen und versucht sind, mitten in die platonische Zweisamkeit hinein wie ein schlecht gelaunter Regisseur «Action!» zu brüllen.

Da Robin offenbar entschlossen ist, das komplette romantische Programm bis zum nächsten Morgen durchzuziehen, muss ich versuchen, einen subtilen, aber eindeutigen Weg zu finden, ihn auf meine sexuelle Verfügbarkeit hinzuweisen. Ich bin schließlich hierher gekommen, um was zu erleben. Ich finde nach einigem Grübeln eine sehr schöne Formulierung:

«Wir haben nicht viel Zeit.»

Ich blicke dabei in den Himmel und bemühe mich um eine Stimmlage, die alles und nichts bedeuten kann. Auf keinen Fall möchte ich, dass Robin denkt, ich hätte es auf ihn abgesehen, bevor ich nicht ganz sicher weiß, ob er es auf mich abgesehen hat. Der Kuss von gestern gibt zwar Anlass zur Hoffnung, aber ich möchte auf Nummer sicher gehen.

Robin dreht sich zu mir.

«Man hat immer so viel Zeit, wie man sich nimmt.»

Ich bin überhaupt nicht beleidigt. Das ist so süß. Und rührend. Und etwas albern. Ich kann diesem Mann nichts übel nehmen, weil er mich daran erinnert, wie ich war, als ich jung war. Diese Art, jeden einzelnen Moment ernst und wichtig zu nehmen. Robin erinnert mich an die Zeit, in der mich Fragen beschäftigten wie: Soll ich Religion oder Erdkunde abwählen? Gehe ich auf die Demo oder auf die Sonnenbank? Was ist der Sinn des Lebens? Steht die Antwort darauf in «Also sprach Zarathustra» oder im «Brigitte»-Sonderheft «Frisuren für jeden Haartyp»? Gibt es einen Gott? Soll ich Slip-Einlagen benutzen? Welche Bedeutung hat die Natur im Werke Bertolt Brechts? Und wie lange hält eine mit Zuckerwasser gefestigte Frisur?

«Wie alt bist du eigentlich?», frage ich.

«Wozu ist das wichtig?»

Ich komme mir erneut wahnsinnig alt und oberflächlich vor.

«Wegen Tanzen.»

Ich bin erleichtert, dass mir ein so jugendlicher, hipper Grund eingefallen ist.

«Wie, wegen Tanzen?»

«Na, ob wir dieselben Lieder auswendig können. Dann können wir sie jetzt zusammen singen und dazu tanzen.»

Das ist in meiner Vorstellung nämlich der Inbegriff von Romantik, und meines Wissens nach haben auch viele Liebesfilme damit gearbeitet: Tanzen am Strand, ohne Musik, nur begleitet von Meeresrauschen und dem leisen Summen zweier Stimmen, die dieselben Lieder kennen. Ich bin wild entschlossen, diese Phantasie, die ich nun schon so lange mit mir rumschleppe, hier und jetzt zu realisieren. Mit Ben ist mir das leider nicht gelungen. Wir haben nie ohne Musik getanzt. Ben tanzt ja noch nicht mal mit Musik. Er ist der Typ, dessen CD-Sammlung zwar mehrere Meter in den Bücherregalen beansprucht, der aber zu Tanzflächen einen großen Sicherheitsabstand hält und bei dem es als Ekstase zu werten ist, wenn er mit der Fußspitze wippt.

Robin dagegen ist von meiner Idee begeistert. Er springt auf, macht ein paar große Schritte Richtung Meer und ruft:

«Warte! Lass mich eine Sekunde überlegen, mir fällt gleich was ein.»

Er wiegt sich ein wenig hin und her, auf der Suche nach einer Melodie für uns beide. Ich bin völlig gefangen vom Zauber des Augenblicks. Ich meine, wenn ein Mann mit solchen Schenkeln unterm Sternenhimmel für dich singt, da bist du doch automatisch zu allem bereit, oder?

Ich muss gestehen, dass ich noch nie einen Mann kennen gelernt habe, der für mich gesungen hat. Männer singen in der Regel nicht. Dagegen ist auch nichts einzuwenden, im Gegenteil. Ben hat sich nur ein einziges Mal dazu hinreißen lassen, in meiner Gegenwart zu singen: «Steh auf, wenn du ein Schalker bist …» Das war beim Sieg von Schalke 04 gegen Leverkusen im DFB-Pokalfinale. Und nachher, als wir wieder nüchtern waren, ist es uns beiden peinlich gewesen, und wir haben nie wieder ein Wort darüber verloren.

Aber mit Robin ist alles anders. Der kann Dinge tun, die andere Männer niemals tun würden, ohne unmännlich zu wirken. Ich sehe, dass er immer noch über einem dem Anlass angemessenen Lied brütet. Ich bin so gerührt. Vielleicht wird er was von Mister Superromantik Lionel Richie intonieren:

«I sometimes see you pass outside my door. Hello, is it me you're looking for?»

Oder vielleicht sogar, ich weiß allerdings nicht, ob ich das überstehen würde, ohne in Tränen auszubrechen, «Because You Loved Me» von Celine Dion:

«You were my strength when I was weak, you were my voice when I couldn't speak.»

Der eine oder andere wird sich vorstellen können, dass ich etwas enttäuscht bin, als Robin anfängt: «Eisgekühlter Bommerlunder» von den Toten Hosen zu brüllen. Er hopst ausgelassen über den Strand und versucht mir zu zeigen, wie er damals dazu getanzt hat. Ein Tanz, bei dem es leider hauptsächlich darum geht, die anderen von der Tanzfläche zu schubsen. Keine wirklich günstige Gelegenheit, sich näher zu kommen.

Das zieht sich eine Weile, denn leider kann er noch «Kein Alkohol ist auch keine Lösung» auswendig. Als er eine Atempause macht, versuche ich zaghaft «Saving All My Love for You» von Whitney Houston anzustimmen. Vergeblich. Ich werde einfach niedergeschmettert. Robin ist jetzt leider richtig in Stimmung und entpuppt sich als hartgesottener Tote Hosen-Fan. Er singt «Zehn kleine Jägermeister», ich versuche, mit «Greatest Love of All» dagegenzuhalten. Und dann fällt ihm leider sein Lieblingslied von den Ärzten ein. Ich will noch ablenkend fragen: «Kennst du was von Cat Stevens?», da ist es schon geschehen. Robin singt das Lied von der fetten Elke:

«Ich war mit Elke essen, ganz schick bei Kerzenschein, ich aß ein bisschen Tofu, sie aß ein ganzes Schwein, Elke ist so niedlich, Elke ist mein Schwarm, im Sommer gibt sie Schatten, im Winter hält sie warm.»

Ich setze mich in den inzwischen eiskalten Sand und wickele die Handtücher wieder sorgfältig um mich rum. Ich hatte mir das irgendwie einfacher vorgestellt, einen jungen Mann zu verführen. Bin wohl aus der Übung. Völlig verausgabt lässt Robin sich neben mich fallen.

«Das war eine geile Idee.»

Mit seinen erhitzten Wangen sieht er aus wie der kleine Junge aus der Fruchtzwerge-Werbung.

«Und jetzt du.»

Mir ist zwar überhaupt nicht mehr danach zumute, aber ich will den Moment, auf den ich so lange hingearbeitet habe, nicht einfach so vorüberziehen lassen. Das ist mein Einsatz. Es gibt nämlich ein Lied, das habe ich nur deshalb auswendig gelernt, um auf solche Fälle vorbereitet zu sein. Den Text habe ich in meinem Hinterkopf wie ein Nichtraucher das Feuerzeug in der Tasche. Ich zaubere es dann hervor, wenn es darum geht, unvermittelt die Seele eines Mannes zu berühren. Ich summe die ersten Takte von «Football Is Coming Home».

«Das kannst du auswendig?»

Robin starrt mich fassungslos an.

«Mmmmh.»

Leider ist Robin derart beeindruckt, dass er sich während des Liedes nur noch auf meinen Gesang und nicht mehr auf körperliche Annäherung konzentriert. Mittlerweile ist es dafür auch zu kalt geworden. Um drei Uhr morgens in einer Septembernacht auf Mallorca, ich muss ganz ehrlich sagen, da ist mir meine Blase wichtiger als meine Vagina. So was zeigen sie natürlich nicht in den ganzen Filmen, in denen Liebe gemacht wird am Strand unter freiem Himmel: dass man nämlich friert wie Sau und eine Gänsehaut hat, auf der man Parmesan reiben könnte. Es hilft nichts, aber ich bin völlig eingefroren. Auf dem Weg nach Hause summe ich die Melodie von «Football Is Coming Home». Das Lied beginnt mir zu gefallen. Vielleicht sollte ich aber noch was Romantisches von Robbie

Williams in mein Repertoire aufnehmen. Ich könnte mir vorstellen, dass das gerade auf jüngere Männer sexuell stimulierend wirkt.

Ich bemerke, dass ich nicht enttäuscht bin, und ich frage mich, warum. Vielleicht ist es wie mit der Tafel Schokolade, die du nicht isst. Im Moment, in dem du verzichtest, fällt es dir unheimlich schwer. Aber am nächsten Morgen bist du froh und stolz, dass du standhaft geblieben bist.

## «Entspannen Sie sich, ich habe schon Schlimmeres gesehen»

Die Mittagssonne brutzelt mich braun, und in diesem Moment frage ich mich, ob ich eigentlich von allen guten Geistern verlassen bin und mein Gehirn durch die Hitze auf die Größe eines Mini-Dickmanns zusammengeschrumpelt ist. Warum bin ich auf diese Insel gekommen? Um mich von einem jungenhaften Yachtbesitzer um den Verstand knutschen zu lassen? Um im Mondschein am Strand zu tanzen und so zu tun, als sei ich Anfang zwanzig, ungebunden und als sei Whitney Houstons große Zeit nicht längst vorbei? Um mich auf ein Abenteuer einzulassen mit einem Burschen, von dem ich nur den Vornamen kenne und der so tut, als ob ich Stella hieße? Ich lasse mich entschlossen von meiner Handy-Luftmatratze in den Pool fallen. Abkühlung tut Not.

Warum bin ich hier? Um mir über mein Leben, meine Beziehung, eventuell sogar über meine Frisur klar zu werden. Ablenkung wäre jetzt die einfachste und schlechteste Lösung. Dann komme ich am Sonntag nach Hause und bin keinen Schritt weiter. Nichts hätte sich verändert, außer dass ich braun geworden und untreu gewesen bin. Und mit Letzterem hätte ich bestimmt meine Probleme. Ich bin einfach nicht der Typ für einen Seitensprung. Ich kann ja nicht mal schwarzfahren, ohne dass man es mir auf hundert Meter ansieht. Und ich kann mir meine eigenen Lügen nicht merken. Eine ganz schlechte Voraussetzung zum dauerhaft erfolgreichen Fremdgehen. Weil ich so derartig vergesslich bin, erzähle ich zum Beispiel keine Witze mehr. Weil mir, sehr zum Missvergnügen der Zuhörer, immer erst kurz vor Schluss auffällt, dass ich die Pointe nicht mehr parat habe. Aufgrund meiner Gedächtnisschwäche habe ich auch jeglichen Versuch aufgegeben, durch die Anwendung von Selbstbräuner ein zufrieden stellendes Bräunungsergebnis zu erzielen. Erst letztens wollte ich schulterfrei zu einer Grillparty gehen und hatte mich am Abend vorher mit «Auto-Bronzage» von L'Oréal eingerieben. Dabei vergaß ich meine Füße. Und in der Hektik hatte ich auch nicht daran gedacht, dass man einige Körperstellen nur dünn eincremen darf und sich nach der Prozedur die Hände waschen muss. Am nächsten Morgen hatten sich die Hautballungszentren, Ellenbogen und Fingergnurpel, tiefgelb verfärbt. Meine Handflächen sahen aus, als hätte ich mehrere Jahre unter Tage gearbeitet, meine Füße hingegen waren strahlend weiß geblieben wie Schäfchenwolken. Insgesamt erinnerte mein Körper an eine üppig und vorwiegend in Naturtönen gemusterte Tagesdecke, und ich wohnte dem Grillabend hochgeschlossen bei.

Nein, bisher habe ich es immer vorgezogen, treu zu bleiben und grundsätzlich nur dann mit einem mir unbekannten Mann zu schlafen, wenn ich Single war oder sturzbetrunken. Oder wenn ich mich bereits von meinem letzten Partner offiziell getrennt habe. Wobei offiziell heißt, dass mir in Gesprächen mit meinen Freundinnen klar geworden ist, dass eine Trennung die beste Lösung ist. Was nicht heißen muss, dass ich meinen Lebensgefährten bereits von dieser Erkenntnis unterrichtet habe.

Aber mir ist überhaupt nichts klar. Ich werde jetzt Robin anrufen und ihm sagen, dass wir uns heute nicht sehen können, vielleicht auch nie mehr. Dann werde ich mit Mona telefonieren und in Ruhe mit Tante Gesa reden. Wenn ich Glück habe, bin ich schon morgen eine völlig in sich ruhende Person, die weiß, wohin sie will. Und dann kann ich ja immer noch mit Robin schlafen.

Tante Gesa kommt zum Pool.

«Belle, Telefon! Ich habe leider überhaupt nicht verstanden, worum es geht.»

Ist das Robin? Aber woher hat er Gesas Nummer? Sollte er mir etwa absagen wollen? Vielleicht will er mich nie wieder sehen? Es bräche mir das Herz. Sich gegen jemanden zu entscheiden, der so küssen kann, ist echt hart genug. Aber es hätte mich mit Stolz erfüllt. Schließlich ist es sonst nicht meine Art, etwas abzulehnen, was mir schmeckt. Nach dem ersten wunderbaren Kuss den Kontakt abzubrechen, das ist, wie wenn man nur einen Riegel Schokolade isst, nur zwei Toffifees aus einer Dreißigerpackung, nur eine Hand voll Chips aus einer Familientüte. Schrecklich! Eine Qual! Wider die Natur des Menschen! Aber wenn man's geschafft, wenn man sich selbst überwunden hat, dann bekommt man einen Orden verliehen für Heldenhaftigkeit, Vernunft und übermenschliche Askese und fühlt sich einfach total, total … ja wie eigentlich? Woher soll ich das wissen?

Ich glaube, ich kann ohne Übertreibung behaupten, dass ich noch niemals in meinem Leben nur eine Prise Chips gegessen und dann aufgehört habe. In meinem Küchenschrank existieren keine angebrochenen Chipstüten und keine Kinderschokoladen, wo nur zwei Riegel fehlen.

Nach dem Essen noch ein Ferrero Küsschen? Oder einen halben Nougatblock? Sollen wir uns einen Mini-Dickmann teilen? Was für ein Quatsch! Ich teile grundsätzlich keine Süßspeisen. Weder mit mir selbst noch mit jemand anderem. Einmal war ich mit Ben bei einer Frau eingeladen, die ihn für ihre Computerfirma gewinnen wollte. Sie hatte schon ziemlich fettfrei gekocht, und als sie so gar keine Anstalten machte, einen Nachtisch zu servieren, fragte ich sie, ob vielleicht noch irgendwas Süßes im Haus sei. Sie schaute mich an, als hätte ich darum gebeten, als Absacker noch ein Gläschen Weichspüler zu bekommen. Aber dann stellte sich heraus, dass in irgendeiner Schublade noch ein halbes Mars Mandel lag. Da war ich platt. Ein halbes Mars Mandel! Das muss man sich mal vorstellen. Das ist doch nicht normal. Mars Mandel ist so ziemlich das Leckerste, was es in diesem Universum gibt. Noch vor belgischen Nougat-Meeresfrüchtepralinen und den guten alten Toffifees. Und da hat diese Person die Disziplin besessen, das Mars in zwei Hälften zu teilen, eine wieder einzupacken und nur die andere zu essen – und das wahrscheinlich auch noch verteilt über mehrere Tage. Bei aller Toleranz – solche Menschen sind kein Umgang für mich.

Entweder ganz oder gar nicht. So lautet meine Devise, übrigens für alle Lebensbereiche. Ich kann ganz auf Schokolade verzichten, ich kann ganz auf Sex verzichten, und ich kann ganz auf Zigaretten verzichten. Bloß mit wenig bin ich nie zufrieden. Ein wenig rauchen, ein wenig essen, ein wenig trinken, ein wenig lieben? Nee, dann lieber gar nicht. Halbe Sachen sind nichts für mich, sosehr ich manchmal diese disziplinierten Nur-nach-einem-guten-Essen-Raucher bewundere. Aber im Grunde sind die mir unheimlich. Wenn ich was mag, dann will ich möglichst viel davon haben. Das ist doch logisch, oder? Wenn ich einen Mann liebe, dann will ich ihn nicht nur am Wochenende sehen, und wenn ich rauche, dann schon vorm Frühstück. Alles andere halte ich persönlich für therapiebedürftig.

Ich halte mir unsicher das Telefon ans Ohr. Wie soll ich reagieren, wenn es wirklich Robin ist? Soll ich sagen: «Fein, das trifft sich gut, weil ich dich auch nicht mehr sehen will. Das habe ich gerade vor zwei Minuten beschlossen»?

«Hallo?»

«Guten Tag, spreche ich mit Annabel Leonhard?»

Ein Stein fällt mir vom Herzen. Robin ist es nicht.

«Ja, am Apparat.»

«Herzlichen Glückwunsch, Sie haben gewonnen!»

«Wie?»

«Spreche ich denn nicht mit Annabel Leonhard?»

«Doch.»

«Sie haben diese Telefonnummer bei Ihrer Buchung angegeben. Sie haben Ihren Flug doch übers Internet gebucht, oder?»

«Ja.»

«Na also. Dadurch haben Sie automatisch an unserer Verlosung teilgenommen. Das stand auch in Ihrem Buchungsformular. Haben Sie denn heute schon was vor?»

«Also, ich weiß nicht …»

«Sie haben einen Aufenthalt im ‹Mardavall› gewonnen!»

Sein Schweigen klingt bedeutungsschwer, aber ich weiß immer noch nicht, was hier gerade geschieht.

«Der Name sagt Ihnen doch sicher was?»

«Äh, ja, aber was?»

«Das Fünf-Sterne-Hotel in Portals Nous. Sie dürfen dort gratis eine Nacht verbringen, inklusive Champagner-Empfang, Degustationsmenü, Pediküre und einer Frisur aus dem Salon Udo Walz. Sie müssen sich allerdings schon um vierzehn Uhr dort einfinden. Und leider, das sage ich lieber gleich, gilt dieses Angebot nur für eine Person.»

«Das kommt mir sehr entgegen.»

Eine Stunde später sitze ich neben Tante Gesa im cremefarbenen Jaguar und frage mich, ob mein Leben mir wohl jemals die Chance lassen wird, es selbst in die Hand zu nehmen. Auf dem Weg ins «Mardavall» halten wir noch bei einer Boutique, in der Gesa mit «Gnädige Frau» angesprochen wird, um mir hurtig ein schlichtes Sommerkleid zu kaufen. Kann ja schlecht in Bikini und Wickelrock mein Gourmetmenü zu mir nehmen. «Wir nehmen was in Schwarz, das macht schlank», ordnet Gesa wenig schmeichelhaft an. Während der Fahrt fühlt sie sich durch meine Nachdenklichkeit nicht darin gestört, gut gelaunt vor sich hin zu plappern.

«Schätzchen, ich freue mich so für dich. Das wird ein wunderbares Erlebnis werden, das sage ich dir. Das ‹Mardavall› soll großartig sein. Du musst aber unbedingt darauf bestehen, dass Udo dir persönlich die Haare schneidet. Wenn du willst, rufe ich vorher nochmal bei ihm an. Als ich noch in Berlin wohnte, habe ich keinen anderen an mein Haar gelassen. Auf die Pediküre kannst du ja jetzt verzichten. Frag stattdessen, ob sie ein Kaviar-Treatment im Programm haben. Super Sache. Deine Haut fühlt sich danach an, als sei sie zwanzig Jahre später auf die Welt gekommen als der Rest deines Körpers. Thalasso solltest du auch probieren, wenn du schon mal da bist. Das strafft das Gewebe. Und lass dir bloß ein Zimmer mit Meerblick geben. Nur weil du umsonst wohnst, dürfen sie dich nicht schlecht behandeln. Wenn sie dir arrogant kommen, sagst du einfach, du möchtest doch lieber selber zahlen. Dann werden die Augen machen. Ha, dein neuer Freund wird dich nicht wiedererkennen …»

«Gesa, das ist nicht mein …»

«Ich sage immer: Nichts bringt mehr Abwechslung ins Bett als ein neuer Mann oder eine neue Frisur. Na, und du, Schätzchen, du hast gleich beides! Hab viel Spaß, Belle, bis morgen.»

Bevor ich das «Mardavall» betrete, nehme ich mir fest vor, hier, in entspannter und eleganter Atmosphäre, all meine Probleme zu lösen. Doch bereits in der Eingangshalle, die sich wie eine Kathedrale über mir wölbt, fühle ich mich wie eine Bakterie auf einem Objektträger.

Der Hoteldirektor hatte mich um Punkt vierzehn Uhr auf der Terrasse des Restaurants begrüßt. Übrigens ein immens vornehmer Mann, der mich nach dem einleitenden Händedruck keines Blickes würdigte. Es mag daran gelegen haben, dass ich meine tropfnassen Badesachen – schließlich hatte ich noch vor gut einer Stunde in Gesas Pool geschwommen – in einer undichten Plastiktüte bei mir trug. Vielleicht hatte er aber auch Angst, ein zu intensiver Augenkontakt könne in ihm unkontrollierbare erotische Gefühle hervorrufen. Man weiß es ja nie so genau. Eine beflissene Assistentin führte mich anschließend durchs Haus. Am meisten beeindruckte mich die Präsidenten-Suite. Genau genommen die Bettdecke auf

dem Bett der Präsidenten-Suite. Gut, der Whirlpool auf der Panoramaterrasse, der Fernseher über der Marmorbadewanne, die Sauna, der Butlerservice – alles ganz nett. Aber nichts gegen die, wie wir Kenner sagen, Eiderdaunen-Duvets.

Das sind Decken aus den Daunen der isländischen Eiderente, zu der ich mich sofort hingezogen fühlte. Es handelt sich nämlich um ein sehr modern denkendes Tier. Weil die Eiderente mehr Wert auf Freizeit als aufs Brüten legt, rupft sie sich selbst ein paar Daunen aus, packt sie auf die Eier und schaut nur zweimal am Tag nach, ob alles so weit in Ordnung ist.

«Im Grunde also wie eine berufstätige Mutter», sagte ich und fand mich sehr lustig und geistreich. Diesen Eindruck schien die Assistentin nicht zu teilen. Sie verzog keine Miene und berichtete weiter aus dem unkonventionellen Leben der Eiderente. Wenn die Küken geschlüpft sind, sammeln die isländischen Bauern die herumfliegenden Daunen auf und machen Decken daraus, die dann für 2500 Euro pro Stück verkauft werden. Diese Decken sind so fein und federleicht, dass sie mich an meine unbefestigten Haare erinnerten. Vielleicht wären Annabel-Leonhard-Echthaar-Plumeaus ja eine schöne Möglichkeit für mich, ein Vermögen zu verdienen.

Nach der Führung standen zwei Stunden Freizeit auf dem Programm, die ich zum Nachdenken über meine Probleme und zur Vertiefung meiner Bräune nutzen wollte. Schließlich hielt ich es immer noch nicht für ausgeschlossen, dass es zum Sex mit Robin kommen könnte. Ich wollte für alle Eventualitäten vorbereitet sein.

Kaum lag ich am Pool, kam ich dann auch gleich sehr schön zum Nachdenken. Zum Beispiel über die Frage, warum die makellosesten und zwanzigjährigsten Mädchen sich immer ausgerechnet neben mich legen müssen.

Ich meine, es gibt auf dieser Insel so schöne einsame Buchten, die man hervorragend umzäunen und als Sperrgebiet für makellose Körper einrichten könnte. Da würden sie niemanden stören und normal bis üppig gebauten Frauen nicht die Laune und die Chance auf eine Männerbekanntschaft verderben. Ich frage mich manchmal, wie diese bildschönen Geschöpfe sich wohl benehmen, wenn sie unter sich sind? Wenn niemand da ist, von dem sie sich durch Schönheit unterscheiden können? In Wahrheit werden diese Frauen nämlich erst dadurch schön, dass sie sich am Pool neben eine wie mich legen können. Und? Wird mir die entsprechende Dankbarkeit entgegengebracht? Natürlich nicht! Diese dünnen Frauchen müssen sich in meiner Umgebung in etwa so großartig, überlegen und perfekt fühlen wie ich, als ich vergangenen Monat beim Joggen eine therapeutische Walking-Gruppe für Fettleibige überholt habe. Ein großer Tag für mich. Beim Joggen überhole ich sonst nie jemanden.

Unwillig versuchte ich, auch die entlegensten Stellen meines Rückens einzucremen. Diese absolut entwürdigenden Verrenkungen, die man machen muss, wenn man als Alleinreisende rundum vor der Sonne geschützt sein will. Eine junge Mutter musterte mich mitleidig von der anderen Seite des Beckens. Hielt sich offensichtlich für was Besseres, bloß weil sich ihr Gemahl irgendwann die Zeit genommen hat, ihr drei Kinder zu machen. Wahrscheinlich jedesmal zwischen zwei wichtigen Telefonaten, denn während er schmerbäuchig auf der Liege neben ihr lag, schimpfte er ununterbrochen in sein Handy hinein.

Ich begann, mich zu schämen. Nicht nur, dass ich keine Kinder hatte. Die Mutter da drüben hatte anscheinend auch tagein, tagaus nichts anderes zu tun, als sich in Form zu halten und ihre Bauchmuskeln zu trainieren. Man könnte denken, ich hätte ihre Kinder bekommen. Und dann begann das makellose Mädchen neben mir auch noch, sich über und über mit Tiroler Nussöl einzureiben. Sie roch wie ein angebissenes Bounty, glänzte wie ein mit Honig glasiertes Hühnchen und kämmte dann zu allem Überfluss auch noch ihr langes, dunkles, nasses Haar. Es wunderte mich nicht, dass keiner der Kellner auf meine Winkzeichen reagierte, als ich ein Wasser ohne Kohlensäure bestellen wollte.

«Soll ich dir was von der Bar mitbringen? Mich nimmt hier auch keiner wahr. Muss wohl an meinen echten Brüsten liegen.»

Ich blinzelte überrascht zu einer freundlich aussehenden Frau hoch und nickte dankbar. Als sie mit den Getränken zurückkam – sie hatte sympathischerweise gleich noch zwei Gläser Sekt mitgebracht –, zogen wir auf eine Doppelliege um, mit Blick auf eine ausladende alte Engländerin.

«Ich bin Annabel. Auf unseren guten Charakter.»

«Und auf die wenigen Männer, die heutzutage noch auf so was stehen. Ich heiße Cora.»

Es ist ein eigenartiges Phänomen, dass man manchmal zu Fremden viel offener ist als zu altvertrauten Freunden. Für mich gilt das allerdings nicht. Ich bin grundsätzlich sehr offen und diskutiere meine Probleme gern im größeren Kreis. Wenn man allerdings auf dem besten Wege ist, seinen untadeligen Freund zu betrügen, dann sollte man die Angelegenheit vielleicht eine Spur diskreter behandeln. Deswegen bin ich heilfroh, dass das Schicksal mir so unverhofft diese Seelenverwandte geschickt hat. Eine sehr sympathische Frau, die gleich mehrere Vorteile hat:

Sie ist unglaubliche fünfunddreißig Jahre alt, ist mit gesundem Appetit, angenehmem Humor und widerspenstigem Haar gesegnet.

Es wurde ein sehr lustiger Nachmittag, und ich war schon ganz schön angeheitert, als wir zusammen Richtung Wellnessbereich schlingerten, wo auf meine neue Freundin eine Anti-Falten-Behandlung wartete. Eine Pediküre hatte sie entschieden abgelehnt. Ihre Füße seien ihre Privatsache und ihre schlimmste Problemzone, und wenn es nicht so einen schlechten Eindruck machte, dann behielte sie am liebsten auch beim Sex ein Paar extrem blickdichter Socken an. Außerdem würde sie, nachdem man ihr die Hornhaut entfernt hätte, mindestens drei Zentimeter kleiner sein, und sie hätte schließlich keine Lust, ihren Body-Mass-Index neu auszurechnen. Ich hatte vollstes Verständnis dafür und freute mich auf eine entschlackende Thalasso-Packung mit anschließender Kaviar-Gesichtsbehandlung.

Es gibt Momente im Leben einer Frau, die sind derartig existenziell, dass sie sich schlagartig auf das Wesentliche ihres Daseins zurückgeworfen fühlt. Die Geburt eines Kindes mag dazugehören, vielleicht auch die kirchliche Trauung. Was aber mit Sicherheit dazugehört, ist der Moment, in dem du in einem mehr als entstellenden Einweg-Unterhöschen aus Papier vor einer gertenschlanken Kosmetikerin stehst, die deinen Körper mustert und daraufhin ein Problemzonen-Sprudelbad vorschlägt. Selbstverständlich ein Ganzkörperbad. Und wenn sie anschließend, während sie deine Oberschenkel mit Schlick einreibt, sagt: «Entspannen Sie sich, ich habe schon viel Schlimmeres gesehen», da fühlst du dich irgendwie auch nicht besser.

Erst während der Gesichtsbehandlung mit schwarz-silbern schimmernden Kaviarkügelchen gelang es mir, gedanklich lockerzulassen. Ich dachte an meine Begegnung mit Cora Hübsch. Sie war freie Fotografin und sollte das «Mardavall» für eine Wellness-Geschichte fotografieren. Die Textredakteurin sollte am Abend eintreffen. Cora war seit dreieinhalb Jahren mit ihrem Freund Daniel zusammen, einem Arzt, den sie bei irgendeiner Preisverleihung über den Haufen gerannt hatte. Eine lustige und romantische Geschichte. Cora war lange genug mit ihrem Freund zusammen, um mir eine verständnisvolle Gesprächspartnerin in Sachen Routine, Langeweile und Abenteuerlust zu sein.

«Natürlich kenne ich das!», rief sie erfreut, als ich sie vorsichtig darauf ansprach. «Das sind diese Momente, wo dir in der Drogerie eine innere Stimme zuflüstert: ‹Bring Farbe in dein Leben – nimm die Tönung›.»

Ich nickte dankbar. Ja, diese Frau wusste, wovon ich sprach.

«Und? Hast du die Tönung genommen?»

«Na ja, du weißt ja selber, wie schnell sich das Zeug rauswäscht. Aber über kleinere Anfälle von Abenteuerlust kann einem das ganz gut hinweghelfen. Vor einem halben Jahr habe ich eine meiner harmloseren Krisen mit Aubergine von L'Oréal überwunden. Hast du's damit schon probiert?»

«Das reicht bei mir nicht mehr.»

«Sexspielzeug? Intimrasur? Nasenkorrektur? Kurzurlaub? Es gibt noch eine Menge mehr auszuprobieren.»

«Im Kurzurlaub bin ich gerade.»

Das beschämende Erlebnis im Sex-Shop und das niederschmetternde Wochenende im Romantik-Hotel erwähnte ich nicht.

Cora schwieg nachdenklich und betrachtete dabei angewidert ihre Füße.

«Weißt du, wenn alles nichts hilft, dann musst du deinen Freund entweder betrügen oder heiraten. Das bringt Schwung in jede Beziehung, das kann ich dir garantieren. Bei mir hat es jedenfalls sehr gut funktioniert.»

«Du hast …?»

«Ich bin seit einem halben Jahr eine verheiratete Frau.»

Das musste ich nun erst mal verdauen. Meiner Erfahrung nach heiraten Männer nur dann, wenn sich ein Kind ankündigt, sie ein wahnsinnig schlechtes Gewissen haben oder einfach nur wollen, dass ihre Alte endlich mit der elenden Jammerei aufhört.

«Ganz einfache Taktik. Nachdem ich ein Jahr lang regelmäßig rumkrakeelt hatte, ich wolle jetzt mal endlich geheiratet werden, beschloss ich, einfach nicht mehr davon anzufangen. Das hat Daniel so verunsichert, dass er mir nach sechs Monaten von sich aus einen Antrag gemacht hat. Nach dem Schema kann man übrigens fast immer vorgehen, wenn man was will. Erst machst du klar, dass du es willst, und gehst ihm damit auf den Wecker. Dann schweigst du plötzlich zu dem Thema. Das musst du unter Umständen eine ganze Weile lang aushalten können. Irgendwann wird er dann ganz von selbst mit dem Gewünschten ankommen. Männer mögen es nicht, wenn man sie zu etwas drängt. Du musst ihnen die Möglichkeit geben, sich einzureden, sie selbst hätten die Initiative ergriffen. Nimm zum Beispiel die Redakteurin, die nachher kommt. Die ist wahnsinnig verliebt in einen Kollegen und denkt sich ständig die abstrusesten Vorwände aus, um ihn anzusprechen. Dem Typen muss mittlerweile völlig klar sein, was sie wirklich von ihm will. Das ist der Zeitpunkt zum geplanten Rückzug. Wenn sie jetzt eine Weile lang Ruhe gibt, wird er angekrochen kommen. Jede Wette.»

Darüber musste ich erst mal nachdenken. Ich halte zwar sehr viel von Taktik, bin aber leider selten in der Lage, sie anzuwenden. Mir mangelt es an Geduld. Ich werfe Benni zum Beispiel immer wieder gerne vor, dass er mir so selten Fragen stellt. Er sagt darauf regelmäßig: «Bevor ich auch nur eine einzige Frage stellen kann, hast du mir doch schon alles erzählt.»

Damit hat er Recht. Was ich ihm gegenüber nie zugeben würde. Also nehme ich mir mindestens einmal in der Woche vor, total verschwiegen zu sein und Ben nicht zu erzählen, dass ich am Morgen beim Joggen von einem sehr gut aussehenden Italiener angesprochen wurde, der leider kein Wort Deutsch konnte. Es wirkt ja auch viel bedeutsamer, wenn man so was nicht sofort ausplaudert, sondern erst so nach und nach preisgibt. Ja, in der Theorie bin ich damit vertraut, aber wenn sich der Schlüssel im Schloss dreht, höre ich mich zu meinem eigenen Entsetzen schon rufen: «Duuhuuu, Beeheniii, rat mal, was mir heute Morgen passiert ist!?»

Und dann plaudere ich munter auf ihn ein. Wenn ich ihn nach Stunden dann frage, wie sein Tag war, und ich mühsam aus ihm rauskitzeln muss, dass seine spezielle Freundin Sonja von der Zeitschrift «Laura» mal wieder ganz bitterlich in Not war, weil zu blöde, ihren Computer ans Stromnetz anzuschließen, bin ich natürlich stinkend sauer. Und zwar mehrere Tage lang.

«Ich weiß nicht, Cora, ich bin irgendwie kein Taktik-Typ.»

«Meinst du etwa ich? Die Sache mit dem Heiraten habe ich nur hingekriegt, weil meine beste Freundin Jo mir jeden Tag aufs Neue verboten hat, mit Daniel darüber zu sprechen.»

So eine Freundin bräuchte ich auch, denn Mona und ich ergänzen uns nicht gut, was Disziplin angeht. Wir haben beide keine. Zwar verbringen wir ganze Abende damit, uns bestimmte Verhaltensweisen vorzunehmen, aber bei der praktischen Ausführung hapert es meist. Mona wollte sich zum Beispiel ihrem letzten Freund gegenüber als nachsichtige, nicht leicht aus der Fassung zu bringende Lebensgefährtin positionieren:

«Wenn ich heute Abend nach Hause komme, werde ich ausgeglichen und freundlich sein, werde Martin in den Arm nehmen und mit keinem Wort ansprechen, wie supersauer ich bin, dass er es in drei Jahren nicht geschafft hat, das Gefrierfach zu reparieren», nahm sie sich häufiger mal vor. Eigentlich immer dann, wenn sie vergessen hatte, den Wein kalt zu stellen, und ihm dann Vorwürfe machte, weil keine Eiswürfel da seien. Wenn wir dann am nächsten Morgen telefonierten, sagte Mona meistens so was wie: «Gerade als ich über meinen Schatten springen wollte, merkte ich, dass er viel größer ist, als ich ihn in Erinnerung hatte.»

«Sag mal, Cora, dann bist du ja jetzt Arztgattin. Das klingt fast so toll wie Kronprinzessin.»

«Ach, so toll ist es nun auch wieder nicht. Daniel hat gerade seinen Facharzt für Chirurgie gemacht. Jetzt operiert er ständig irgendwelche Kumpels bei uns in der Küche. Er kann einfach nicht nein sagen. Ganz ehrlich, das ist ziemlich fies, wenn du gerade die Putenfilets schnetzelst und siehst, wie jemandem bei örtlicher Betäubung ein pfannkuchengroßes Muttermal am Rücken entfernt wird. So hat alles seine Vor- und Nachteile.»

Ich nickte mitfühlend. Unter dem Aspekt hatte ich die Ehe mit einem Arzt natürlich noch nie betrachtet.

«Und, hast du Daniel denn schon mal betrogen?»

Ich fand, dass wir ein Stadium von Vertrautheit erreicht hatten, das diese Frage geradezu nahe legte.

«Nun ja, ehrlich gesagt, einmal. Aber ich war ziemlich betrunken und habe trotzdem darauf bestanden, dass er ein Kondom benutzt. Ich finde, das zählt dann irgendwie nicht, oder?» Eine Logik, die ich einigermaßen holperig fand. Aber ich widersprach nicht, um die knospende Freundschaft nicht zu gefährden.

«Ich habe vorgestern jemanden geküsst, gestern hat er am Strand für mich gesungen, und heute fühle ich mich schon so elend, als hätte ich mit dem besten Freund meines Freundes Zwillinge gezeugt.»

«Spinnst du!? Du hast rumgeknutscht? Gesungen am Strand? Das ist ja wie im Film! Das sagst du mir erst jetzt? Wie toll! Mit wem? Wie sieht er aus? Wie hast du ihn kennen gelernt? Bist du verliebt? Wird es zum Äußersten kommen?»

Ich setzte gerade zu einer detaillierten Antwort an, als wir feststellten, dass wir zu spät zur Wellness kommen würden. Ich musste Cora versprechen, ihr beim Abendessen alles haarklein zu erzählen. Sie war so gespannt auf meine Knutsch-Geschichte, dass sie meinte, jetzt hätte ich ihr die Entspannung während der Anti-Falten-Behandlung verdorben. Ein Kompliment dieser Güteklasse bekommt man selten. Aber ganz unverdient fand ich es nicht.

Während die Kosmetikerin das Problemzonen-Bad bereitete, ließ ich mir ein Telefon geben, um meine Verabredung mit Robin abzusagen.

«Ach, du bist im ‹Mardavall›? Nette Idee.»

Klar, dass er wieder dachte, ich hätte das erfunden, um mich interessant zu machen.

«Ich habe den Aufenthalt bei einer Verlosung gewonnen.»

«Und wann hast du vor, mich mal wieder zu sehen? Eigentlich möchte ich unter keinem Sternenhimmel mehr ohne dich sein. Ich überlege sogar, mir eine CD von Whitney Houston zu kaufen.»

Ooooh, wie entzückend! Ich schmolz dahin, sah aber gleichzeitig, wie meine Kosmetikerin mir Zeichen gab. Das Problemzonensprudelbad war bereit.

«Wollen wir uns morgen sehen?»

«Gerne. Da du ja angeblich im ‹Mardavall› bist, könnte ich dich mit der ‹Harmony› in Portals Nous abholen. Das ist ein Yachthafen, der nur einen halben Kilometer von deinem Hotel entfernt liegt. Sagen wir um zwei?»

«Okay.»

«Ich werde dir die einsamste und romantischste Bucht Mallorcas zeigen. Ich kann es kaum erwarten.»

«Halt durch. Bis morgen.»

Und dann tauchte ich ab ins gewebestraffende Sprudelbad.

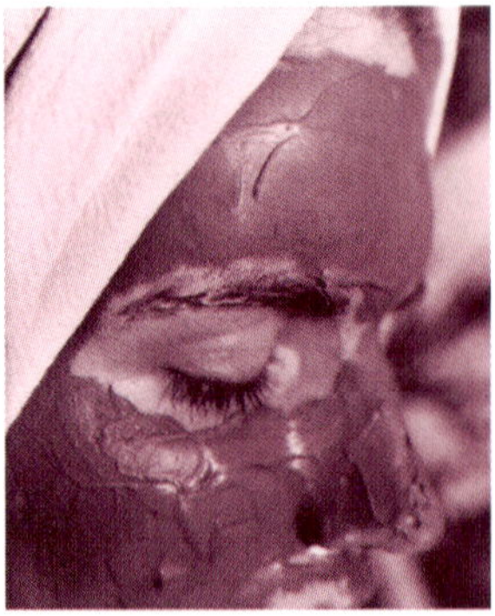

«Darf ich fragen, welche Pflegeserie Sie benutzen?»

Ich stehe in einen apricotfarbenen Bademantel gehüllt am Empfang des Wellnessbereiches. Meine Gesichtshaut strahlt kaviarverwöhnt, und meine Oberschenkel sind so glatt und weich, dass ich immer wieder verstohlen eine Hand unter den Bademantel schiebe, um mich zu überzeugen, dass es sich wirklich um zu mir gehörige Körperteile handelt. Eigentlich wollte ich nur kurz den Behandlungszettel unterschreiben und mir dann den Spa-Bereich ansehen. Meine Kosmetikerin hatte gesagt, dass ein anschließendes Dampfbad die Wirkung der Produkte noch verstärke, und so was muss man mir nicht zweimal sagen. Da bin ich die Erste in der Schwitzkiste. Aber die Frage nach meiner Pflegeserie trifft mich unvorbereitet und berührt einen wunden Punkt.

Beschämt denke ich an die unzähligen, nicht zueinander passenden Töpfchen und Tiegelchen in meinem Bad. Sie sind ein Mahnmal meiner Willenlosigkeit und Manipulierbarkeit. Ich benutze ein Produkt immer genau so lange, bis mir irgendjemand sagt, dass es etwas Besseres gibt. Bis ich das Wellnesshotel besuchte, in dem Monas Bruder arbeitet, war ich mit meiner Haut eigentlich immer recht zufrieden gewesen. Mein Sorgenkind, ich erwähnte es bereits, war eigentlich eher mein Haar. Ein fataler Irrtum, wie sich herausstellte. Ich hatte mich nämlich leichtsinnigerweise auf eine Hautanalyse eingelassen, mit deren Ergebnis die «Shiseido»-Kosmetikerin überhaupt nicht zufrieden war. Sie schrieb mir mit besorgtem Gesicht eine lange Liste, welche Produkte ich wann zu benutzen hätte, um weitere gravierende und irreparable Schädigungen meiner Haut zu verhindern. Natürlich kaufte ich die komplette Produktpalette noch vor Ort und verließ das Hotel mit dem Gefühl, einem schlimmem Schicksal entronnen zu sein. Und ich versuchte einstweilen zu verdrängen, dass ich dafür meinen Dispokredit bis ans Limit ausgeschöpft hatte.

Zwei Monate später, ich hatte meine Pflegeserie gerade um «Shiseido»-Augenpads und eine regenerierende Maske im Wert von achtzig Pfund frischen Himbeeren erweitert, berichtete meine Freundin Steffi leider Neues vom Kosmetikmarkt. Sie habe ein Rundum-Verwöhn-Programm von «Clarins» mitgemacht, und das sei nun überhaupt das einzig Wahre. Sie habe ihr Badezimmer komplett ausgeräumt und ausschließlich mit «Clarins» neu eingerichtet. Dazu muss man sagen, dass Steffi durchaus über die finanziellen Mittel verfügt, ihre Kosmetiklinien zu wech-

seln wie eine Nymphomanin ihre Sexualpartner. Ich hingegen musste mir was von Ben leihen, um meine kosmetische Grundversorgung umzustellen. Ich behauptete ihm gegenüber, dass ich auf bestimmte Wirkstoffe der «Shiseido»-Produkte allergisch reagiere. «Nimm doch ‹Nivea›. Damit kannst du nichts falsch machen», meinte der Schlaumeier mich daraufhin belehren zu müssen.

Kaum hatte ich ihm meine Schulden zurückgezahlt, erzählte mir Mona von einem Bericht in «Stiftung Warentest». Das Einzige, was der Haut auf Dauer gut täte und den natürlichen Alterungsprozess nachhaltig verzögere, sei Naturkosmetik aus dem Reformhaus. Seither benutze ich «Weleda» und kaufe mein vitalisierendes Rosenblütengesichtsöl im selben Geschäft wie mein Knuspermüsli. Das allerdings erst seit einem Monat, und vergangene Woche habe ich mir eine Nachtlotion von «Lancôme» gekauft, weil die so gut roch, und auch die «Biotherm»-Werbung für die neue Oliven-Creme hat mich irgendwie total neugierig gemacht.

«Aufgrund meiner empfindlichen Haut bin ich auf Naturkosmetik umgestiegen», sage ich tapfer zur Kosmetikerin des «Mardavall» und versuche dabei möglichst selbstbewusst und gut informiert zu klingen.

«Ja, ja, die haben eine starke Lobby. Ich möchte Ihnen trotzdem diesen Prospekt mitgeben. Ich denke, die Lektüre sind Sie sich und Ihrer Haut schuldig. Das ‹Age-Management-System› von ‹La Prairie› sollte Sie interessieren. Und ‹Eye-Repair›, ‹Body-Booster› und der ‹Stimulus-Complex› könnten bei Ihnen Schlimmeres verhindern.»

Ich sehe mich mein Auto verkaufen, um mir wenigstens die Augenreparatur leisten zu können. Im Katalog sind die Preise selbstverständlich nicht angegeben. Bei «La Prairie» gibt es den Kaufpreis nur auf Anfrage, so wie bei hochwertigen Immobilien und bei Rotweinen, die extra aus dem Keller hochgeholt werden müssen.

«Annabel, ich bin's, Cora Hübsch. Um Jahrzehnte verjüngt!»

Bin ich froh, dass Coras Erscheinen dem belastenden Gespräch ein Ende setzt. Ich schlage ihr vor, so schnell wie möglich ein Dampfbad zu nehmen. Dort erholen wir uns von der Entspannung, milde belächelt von einer Pharaonenbüste, die den Eingang zu den Erlebnisduschen bewacht.

Später sitzen Cora und ich im Abendlicht bei Cocktails und Oliven auf der Hotelterrasse.

«Was meinst du, was ich tun soll?»

«Bist du verliebt in diesen Robin?»

«Ich kenne ihn ja kaum. Außer seinem Namen weiß ich so gut wie nichts über ihn. Weißt du, Robin ist wie ein Versprechen, dass das Leben auch nochmal ganz anders sein könnte. Nach einem Kuss kann man ja wirklich noch nicht von ernsthaften Absichten sprechen. Es geht um die Vorstellung, mit einem Mann nochmal ganz neu anzufangen.»

«Um nach viereinhalb Jahren genau wieder da anzukommen, wo du jetzt bist? Ich weiß nicht.»

«Du rätst mir also ab?»

Ich versuche, nicht allzu gekränkt zu klingen. Ich kann normalerweise recht gut mit Kritik umgehen. Vorausgesetzt, es handelt sich um positive.

«Was nervt dich denn so sehr an deinem Freund? Dass

du ihn schon so lange kennst, ist schließlich nicht sein Fehler.»

«Ich habe Angst, dass ich gerade ein Leben verpasse, das mir besser gefallen würde. Vielleicht ist er nur die zweite Wahl? Vielleicht bin ich zu bequem und feige und viel zu gut eingelebt in meinem Leben, um mich zu trauen, was Neues und Besseres zu probieren?»

«Neu heißt nicht automatisch besser. Aber ich weiß genau, was du meinst. Meine Freundin Jo ist gerade frisch verliebt. Meinst du, das macht mich nicht nervös? Die hat viermal am Tag Sex! An so was kann ich mich nicht einmal mehr erinnern! Aber ich habe mich entschieden: Ich will Liebe in meinem Leben haben. Und die hat nach einiger Zeit nichts mehr mit wilder Leidenschaft zu tun. Das ist leider so. Liebe ist ewig, Lust nicht. Du kannst nicht beides haben. Und egal, wie du dich entscheidest, du wirst immer wieder das Gefühl haben, was zu verpassen.»

«Das klingt so schrecklich abgeklärt. Daran will ich nicht glauben.»

«Du machst dir was vor. Ich finde es völlig in Ordnung, wenn du mit diesem Robin rumflirtest oder von mir aus auch mit ihm schläfst. Was deinem Selbstbewusstsein gut tut, tut ja auch deiner Beziehung gut. So habe ich nach meinem Seitensprung versucht, mir mein schlechtes Gewissen klein zu reden. Aber geht es dir wirklich um den tollen Robin mit seiner Superyacht, der in dir irgendwelche Klein-Mädchen-Phantasien wachrüttelt?»

Am schlimmsten sind ja die Leute, die Recht haben. Über die ärgert man sich am meisten, weil man sich irgendwie so ertappt fühlt. Ich versuche, mich auf das Olivenstückchen zu konzentrieren, das es sich zwischen meinen Backenzähnen bequem gemacht hat. Leider habe ich so riesige Taschen zwischen meinen Zähnen. Sollte eine Hungersnot ausbrechen, könnte ich dank der Speisereste in meinem Mund spielend ein Jahr lang überleben.

«Bist du jetzt beleidigt?»

Cora schaut mich freundlich an, und ich denke, dass sie ja nichts dafür kann, dass sie Recht hat.

«Ach, na ja, vielleicht ein bisschen.»

«Weißt du, wenn ich dich schon lange kennen würde, wäre ich bestimmt nicht so offen. Aber ich finde, dass man Kritik von Fremden meist besser erträgt als von engen Freunden. Ganz zu schweigen vom eigenen Freund. Ich weiß nicht, wie es dir geht, aber Kritik von dem, den ich liebe, lehne ich grundsätzlich ab.»

«Ich auch.»

«In deinem Fall geht es nur um eines: Liebst du deinen Freund noch oder nicht? Und wenn du ihn liebst, dann solltest du ihn nicht verlassen, bloß weil es dir gerade mal ein bisschen langweilig geworden ist. Wenn du das tust, langweilst du dich womöglich in vier Jahren mit dem falschen Mann. Und das wäre die wirkliche Katastrophe. Also: Liebst du ihn noch?»

Na, so macht das ja überhaupt keinen Spaß. Was ist denn das für eine Frage? Natürlich liebe ich meinen Benni noch. Aber das wird man doch wohl noch für eine Weile verdrängen dürfen. Wie soll man denn sonst eine Krise schöpferisch gestalten und ordentlich genießen? Liebe ist ein Totschlagargument. Ben benutzt es auch manchmal, wenn er keine Lust hat zu streiten. Das ist unfair und egoistisch. Wenn ich mich gerade so richtig schön in Rage geschimpft habe, sagt er mit gespielter Zerknirschung:

«Aber, Belle, vergiss nicht, wir hatten auch schöne Zeiten.» Und dann muss ich lachen und aufhören zu streiten, obwohl ich eigentlich weiterstreiten will und im Grunde ja auch noch sauer bin. Ein blödes Gefühl. Wie wenn man Schluckauf hat und erschreckt wird. Dann bleiben die restlichen Schluckäufe drinnen, und das ist irgendwie auch nicht angenehm.

Ich entschließe mich, etwas Bedeutsames zu sagen.

«Ich bin mir nicht mehr sicher, ob ich ihn noch liebe.»

Und genau in diesem Moment schlägt mein Leben einen Purzelbaum mit anschließendem dreifachem Handstand-Überschlag. Ich bin wie gelähmt und kann nur hoffen, dass ich einigermaßen unbeschädigt aus diesem Chaos rauskomme.

«Juhuuuu! Cora! Was trinkst du da? Hauptsache, du hast mir noch was übrig gelassen!»

Eine sehr große Frau kommt auf uns zu, breitet die Arme aus und küsst Cora auf beide Wangen.

«Mensch, du bist erst einen Tag hier und schon kackbraun. Hast du das Wellness-Zentrum schon fotografiert? Und die Wasserbetten im Ruheraum? Ach, ist ja auch egal. Ich habe dir was Irres zu erzählen!»

Fasziniert folge ich dem Auftritt von Coras Kollegin. Diese Frau sieht aus, als hätte sie in ihrem Leben noch keine Kalorie verzehrt. Alles an ihr ist lang, schlank und schön: ihre Arme in der ärmellosen Bluse, ihr Hals, ihre Finger. Der Wahnsinn sind ihre Beine. In etwa sechsmal so lang wie meine und kaum verdeckt von einem Minijeansrock. Sie hat Kniekehlen, für die ich morden würde.

Ich kenne eigentlich keine Frauen mit schönen Kniekehlen. Auf diese Problemzone wird meines Erachtens in Frauenzeitschriften viel zu wenig eingegangen. Meine sind fleischig, da gibt es nichts zu deuteln. Und wenn man es nicht aus dem Biologieunterricht wüsste, käme man nicht auf die Idee, dass unter diesem Fettgewebe irgendwo noch ein paar Knochen verborgen sind. Ihre Kniekehlen dagegen sind knochig wie die von dünnen Kindern, und auch ihre Knie sehen – Glück für sie, Pech für mich – ganz anders aus als meine. Nicht so knubbelig wie entartete Geschwüre, sondern perfekt geformt. Ihre Haare sind natürlich auch ein Gottesgeschenk, lang, dunkelblond, und sie glänzen wie verrückt. Sogar ihre Füße sind schön, kein Hammerzeh in Sicht, perfekt gefeilte Nägel, und in den schwarzen, paillettenbesetzten Sandalen kommen auch ihre makellosen Fersen gut zur Geltung. Ich frage mich, wie es wohl ist, wenn man so schön ist?

Nachdem sie Cora ausgiebig geherzt hat, dreht sich dieses unglaubliche Geschöpf zu mir um, reicht mir die Hand, strahlt mich an, und ich sehe beklommen, dass sie eine kleine Zahnlücke hat. Es steht zu befürchten, dass es gerade dieser winzige Makel ist, der sie für jeden Mann zu genau der Frau macht, für die er sofort seine Familie, sein Land, seinen Planeten verlassen würde. Diese Zahnlücke macht aus ihr einen Menschen, macht sie unperfekt, verletzlich, anrührend. Deswegen ist Claudia Schiffer ja auch nicht wirklich schön. Die ist zu perfekt. Julia Roberts hingegen ist toll, denn sie hat einen Mund wie ein Müllschlucker.

Aber diese Frau hier möchte ich nicht zu meiner besten Freundin haben. Eine Zeit lang habe ich tatsächlich erwogen, mich nur noch mit Frauen ab einer bestimmten Kleidergröße anzufreunden. Warum sich quälen und ausgehen mit Freundinnen, neben denen man sich vorkommt wie ein Traktor? Gerade jetzt, wo ich doch ein wenig zugenommen habe, müsste ich ja praktisch meinen kompletten Bekanntenkreis austauschen. Und das will ich dann doch nicht. Zumal ich immer noch darauf hoffe, dass sich mein Gewicht eines Tages freiwillig normalisiert.

Jedenfalls blicke ich einigermaßen reserviert in die sich vor mir auftuende Zahnlücke.

«Hallo! Ich heiße Sonja und bin Beauty-Redakteurin bei der ‹Laura›.»

«Ich bin Annabel, und ich muss mal ganz dringend auf Toilette.»

Das ist doch schlicht und einfach nicht zu glauben. Ich sitze wie erstarrt auf dem Klodeckel und versuche, meine Situation zu erfassen. Das da draußen ist ganz zweifellos die Sonja, die sich seit zwei Monaten mit billigsten Bestechungsmanövern an meinen Freund ranmacht. Die Sonja, die meinem Ben Rasierwasser-Proben und After-Shave-Lotionen und Hautstraffungscremes aufdrängt. Die Sonja, die ich manchmal scherzhaft und durchaus abwertend gemeint Bennis feuchte Falten-Fachfrau genannt habe. Die Sonja, von der der gute Benedikt Cramer dreist behauptet, sie sähe nicht besonders gut aus. Genauso gut hätte er sagen können, George Clooney sei ein Typ wie jeder andere.

Aber natürlich hat mein lieber Ben nicht damit rechnen können, dass ich dieser nicht besonders gut aussehenden Frau, die ja angeblich überhaupt nicht scharf auf ihn ist, mal persönlich über den Weg laufe. Was hatte Cora mir erzählt? Sonja sei wahnsinnig verliebt und würde sich ständig Vorwände ausdenken, um den Typ anzusprechen. Dem Mann müsse längst völlig klar sein, dass sie ihn haben will.

Und dieser Typ, das ist doch wirklich unglaublich, ist mein Typ! Mein Benni in den Fängen dieser … dieser unterernährten, mannstollen Kosmetikschlampe, die nicht einen einzigen geraden Zahn im Maul hat! Wie kommt der Kerl dazu, mir nichts davon zu erzählen? Wenn sich ein Multimillionär in mich verlieben würde, der ganz nebenbei auch noch so aussieht wie der junge Gregory Peck, würde ich das Ben sofort erzählen. Das macht doch irre was her! Damit kann man doch Eindruck schinden, den Partner eifersüchtig und darauf aufmerksam machen, dass man eine von A-Klasse-Männern begehrte A-Klasse-Frau ist. Niemals würde ich mir so eine Gelegenheit entgehen lassen! Und was tut mein Benni? Typisch. Hält den Ball flach. Spielt die ganze Sache runter. Entweder will er vermeiden, dass ich mich aufrege – oder er hat wirklich was zu verbergen.

Mir gefriert das Blut in den Adern. Was, wenn er sich in Sonja verliebt hat? Was, wenn er gerade bei ihr einzieht, während ich noch glaube, es handelt sich hier einzig und allein um meine ganz persönliche Krise, die ich jederzeit beenden kann? Was, wenn ich von Abenteuern träume, die er gerade erlebt? Was, wenn ich mich verrucht finde, weil ich Robin geküsst habe, während mein Freund im Bett mit Sonja eine Akrobatik betreibt, von der er mit mir nur träumen kann? Und mir hat er immer gesagt, er möge so superschlanke Frauen gar nicht besonders. Der Mistkerl! Ich bin am Ende. Was soll ich tun?

Natürlich hatte Cora Recht gehabt. Es geht immer um Liebe. Es geht immer nur um Liebe. Und wenn ich ganz, ganz ehrlich bin, habe ich nie wirklich vorgehabt, Ben zu verlassen. Wenn ich ganz, ganz ehrlich bin, weiß ich genau, dass dieser Mann das Beste ist, was mir je im Leben passiert ist. Wenn ich ganz, ganz ehrlich bin, dann hoffe ich, dass mein Benni mir auch in vierzig Jahren noch Spaghetti Arrabiata kocht und dazu den Tütenparmesan von Mirácoli klaut. Aber wie das manchmal so ist: Ich hatte überhaupt keine Lust gehabt, ganz, ganz ehrlich zu sein. Sonst erlebt man ja nie was im Leben. Aber jetzt, angesichts dieser völlig veränderten Situation, hatte es keinen Sinn mehr, mir weiter vorzumachen, ich sei auf der Suche nach einer neuen Liebe. Jetzt, so wird mir klar, kann ich froh sein, wenn ich meine alte Liebe überhaupt zurückbekomme. Ich erschauere.

Ich kann ja schlecht bis an mein Lebensende auf diesem Klodeckel sitzen bleiben. Besonders bei nicht abgeschlossener Tür. Ich werde da jetzt wieder rausgehen und so tun, als sei alles in bester Ordnung. Einen entscheidenden Vorteil habe ich: Ich weiß, wer Sonja ist, aber sie weiß nicht, wer ich bin. Sie hat keine Ahnung, dass sie mit der Freundin des Mannes am Tisch sitzt, in den sie verliebt ist. Und wenn sie nur halb so offenherzig ist wie ich – und verliebte Frauen sind ja glücklicherweise immer ganz besonders mitteilsam –, wird sie heute Abend etwas über den Stand der Beziehung erzählen. Ich muss nur die Nerven behalten. Und sollte sich herausstellen, dass mein Freund gar nicht mehr mein Freund ist, werde ich auf jeden Fall mit Robin schlafen und mich per SMS von Ben trennen, ehe er sich von mir trennen kann. Immerhin ein kleiner Trost.

Oder auch nicht.

## «Probleme sind im Großen und Ganzen Frauensache»

Wie bitte?»

«Dreihundertfünfzig Euro.»

«Äh, das muss ein Missverständnis sein. Ich habe den Aufenthalt hier gewonnen.»

«Das ist richtig. Aber die Extras müssen Sie selber zahlen. Darauf hat Sie der Veranstalter doch sicher hingewiesen, oder?»

«Welche Extras?»

«Sie hatten das ‹Caviar-Firming-Body-Treatment› und das ‹Thalasso-Mont-Saint-Michel-Mud-Treatment›. Hinzu kommen Erdnüsse und diverse Schokoriegel aus der Minibar sowie die Flasche Champagner, die Sie gestern aufs Zimmer bestellt haben.»

Nun ja, das mit dem Champagner war korrekt. Den hatte ich mir gegönnt, nachdem ich den gestrigen Abend endlich hinter mich gebracht hatte und fand, dass ich noch nicht betrunken genug war. Insgeheim hatte ich allerdings gehofft, dass die Flasche nicht auf der Rechnung erscheinen würde.

«Aber die Schönheitsbehandlungen, die waren doch …?»

«Nein, im Gratispaket inbegriffen waren Maniküre und Pediküre. Sie haben sich jedoch für das ‹Caviar-Firming-Body-Treatment› und das ‹Thalasso-Mont-Saint-Michel-Mud-Treatment› entschieden.»

«Aber ich dachte, na ja, was macht das nochmal alles zusammen?»

«Dreihundertfünfzig. Ich kann Ihnen die spezifizierte Rechnung gern ausdrucken.»

«Nein danke.»

An der Rezeption hat sich hinter mir eine Schlange von Leuten gebildet, die allesamt so aussehen, als hätten sie wenig Zeit und genug Geld, um ihre Extras zu bezahlen. Die Frau in meinem Rücken trommelt ungeduldig auf ihrer Louis-Vuitton-Handtasche herum. Ihr Kind starrt mich an, als sei ich ein Dinosaurier. Wahrscheinlich hat das Blag noch nie einen Menschen gesehen, für den dreihundertfünfzig Euro viel Geld sind. Um genau zu sein: zu viel Geld. Das Problem ist nämlich: In meinem Portemonnaie befinden sich dreißig Euro, genug, um das Taxi zu bezahlen. Und bargeldlos kann ich nicht mehr zahlen, seit die Tochter meiner Schwester meine Kreditkarte für ein Rubbellos hielt und versuchte, den Magnetstreifen mit einem Küchenmesser zu entfernen.

«Würden Sie bitte einen Moment warten. Ich müsste mal kurz telefonieren.»

«Bitte sehr. Erlauben Sie, dass ich mich derweil um die anderen Herrschaften kümmere.»

Ich versuche, die Rezeption einigermaßen würdevoll zu verlassen – was mir nicht gelingt. Ich habe mir gestern die Nacht mit der Frau um die Ohren geschlagen, die meinen Mann haben will, habe bis zum Morgengrauen heulend Champagner auf meiner Terrasse getrunken und bin vor einer halben Stunde aus dem Salon von Udo Walz gekommen, wo mir der Meister persönlich die Haare gesträhnt und geschnitten hat.

Ich finde, ich sehe jetzt ganz anders aus. Ich glaube, gut. «Frech und sexy», nannte es der Herr Walz. Übrigens ein sehr angenehmer Mensch, der nicht im Geringsten an den Lebens- und Liebesgeschichten seiner Kundinnen interessiert ist. «Wenn mir eine erzählen will, mit wem sie gerade ihren Mann betrügt, dann sag ich immer: ‹Das will ich gar nicht wissen, denn wenn's irgendwann mal rauskommt, heißt es immer automatisch, der Frisör war's.›» Insofern hat der Mann viel weniger zu erzählen, als man denkt. Mich empfand er, glaube ich, als besonders angenehme Kundin, da ich verkatert, schweigsam und schlaff in seinem Frisörstuhl hing und ihn nicht mit Konversation belästigte.

Immerhin habe ich in den vergangenen zwölf Stunden mehr erlebt als andere in ihrem ganzen Leben. Ich bin nervlich zerrüttet und bräuchte eigentlich Ruhe, um mich an meine Situation und an meine Frisur zu gewöhnen. Stattdessen sitze ich in der Empfangshalle und warte darauf, dass meine Tante kommt, um mich auszulösen. Das sind nicht die Abenteuer, von denen ich geträumt habe.

Erschwerend kommt hinzu, dass ich in zwei Stunden in Portals Nous mit Robin verabredet bin, und bis dahin muss ich unbedingt leicht und lebendig und selbstbewusst und verführerisch wirken. Denn dass es zwischen mir und Robin heute zum über alle Maßen aufregenden Geschlechtsverkehr kommen muss, ist beschlossene Sache. Das bin ich mir schuldig. Das ist eine Frage der Ehre.

«Mach dir keine Sorgen, Schätzchen! Ich komme in einer Stunde ins ‹Mardavall› und hol dich da raus. Leg dich so lange nochmal in die Sonne, spring in den Pool und bestell noch irgendwas Teures! Fühl dich bloß nicht schlecht und sei froh, dass du eine reiche Tante hast!»

Das hatte Gesa fröhlich in ihr Handy gerufen. Ich fühlte mich gleich besser und teilte der Rezeptionistin mit, dass das Geld unterwegs sei, und sie bitte veranlassen möge, dass man mir kalten Hummer mit dreierlei Mayonnaisen und eine halbe Flasche Sancerre an den Swimmingpool bringe. Die Frau mit der Louis-Vuitton-Tasche ging mit ihrem hässlichen Kind an mir vorbei. Ich lächelte freundlich. «Übrigens, eine hervorragende Fälschung, Ihre Handtasche.»

Eigentlich sind Hummer ja große Insekten. Das habe ich irgendwo gelesen. Es wurde auch die Frage gestellt: «Warum essen wir Tiere, bei denen wir uns strikt weigern würden, sie anzufassen oder als Haustiere zu halten? Wann werden wir in der Schale gebratene Kakerlaken als Delikatesse empfinden?»

In jedem Fall gehören Hummer eindeutig zu dem Typ Nahrungsmittel, das man vor dem Verzehr nicht anschauen sollte. Ebenso wie Muscheln und im Ganzen servierte Forellen, die einen mit weißen, toten Augen anstieren und damit nur erreichen, dass ihr Tod umsonst war, weil sie einem mit dem Geglotze den Appetit verderben. Schlimm sind auch Tintenfische. Beim gestrigen Mittagessen im Strandclub mit Gesa war ich zum Beispiel ziemlich erschrocken. Bei uns zu Hause beim Griechen an der Ecke sieht Tintenfisch aus wie kleine panierte Reifen – aber hier kam ein komplettes Tier auf den Tisch. Ich versteckte das Tiefseemonster unter dem Salat und aß nur Weißwein.

Das halbe Fläschchen Sancerre, auf meinen Kater geschüttet, weckt meine Lebensgeister. Mit Blick auf die Pool-Landschaft stelle ich fest, dass sich mein Mallorca-Kurzurlaub zu einer der außergewöhnlichsten Erfahrungen meines Lebens entwickelt hat. Egal wie's ausgeht, ich werde auf jeden Fall viel zu erzählen haben.

Nachdem ich gestern, auf der Toilette sitzend, meine Liebe zu Ben wiederentdeckt hatte, überkam mich eine Ruhe, die ich sonst gar nicht von mir kenne. Es muss die Ruhe sein, die ein Skispringer empfindet, wenn er die Schanze hinunterrast: Du kannst nicht mehr umkehren. Warum sich jetzt noch aufregen? Nicht, dass ich jemals von einer Schanze gesprungen wäre. Nein, ich gehörte immer zu den Kindern, denen es lieber war, von allen ausgelacht und vom Schwimmlehrer gerügt zu werden, dafür aber den Drei-Meter-Turm auf dem sicheren Landweg wieder verlassen zu können.

Cora und Sonja waren ins Gespräch vertieft, als ich

mich wieder zu ihnen setzte. Wie ich erwartet hatte, ging es um Männer. Cora hatte Sonja anscheinend gerade von meinem Abenteuer mit Robin erzählt, denn sie begrüßte mich strahlend:

«Das ist ja wie im Märchen! Ein gut aussehender, junger Yachtbesitzer! Wo gibt's denn so was!? Ich dachte immer, solche Typen sind alt und fett und lassen nur achtzehnjährige Blondinen auf ihr Boot.»

Ich grinste gequält. Es ist ja auch etwas zu viel verlangt, dass ich über die Witze meiner Widersacherin lachen soll – selbst wenn sie meinem eigenen Humorverständnis durchaus entsprechen.

«Apropos alt und fett. Weißt du, wen sie mir bei der ‹Laura› jetzt wieder andichten wollen? Den Lehmann aus der Bildredaktion. Bloß weil der scharf auf mich ist. Du kennst den doch, Cora, oder?»

«Ist das nicht dieser fiese kleine Kerl, den alle Ikmas nennen?»

«Genau der! Ikmas steht für: Ich kratz mir am Sack. Lungert ständig am Kaffeeautomaten rum mit den Flossen am Hosenstall. Das ist doch eine Frechheit. Als würde ich einen Typen in Erwägung ziehen, den es im Schritt juckt und der dich morgens wahlweise mit ‹Alles klar im BH?› oder ‹Alles Roger in Kambodscha?› begrüßt und zum Abschied sagt: ‹Bis dannimanski›. Ich bin es leid, dass mir die Leute ständig irgendwelche Affären nachsagen. Die können sich einfach nicht vorstellen, dass ich den Job wegen meines fachlichen Könnens bekommen habe. Das macht mich rasend!»

«Bei mir kann sich keiner vorstellen, dass ich meinen Übersetzerjob aus einem anderen Grund als meinem fachlichen Können bekommen habe. Das ist auch irgendwie beleidigend.»

«Annabel, ich finde, du siehst durchaus wie eine aus, die sich nach oben geschlafen haben könnte. Prost!»

Damit war das Eis zwischen Sonja und mir gebrochen. Ich befand mich als Undercover-Agent mitten im Feindesland.

Ich erzählte kurz meine Robin-Geschichte, immer darauf bedacht, Ben vor Sonja nicht namentlich zu erwähnen.

Sonja vertrat die Ansicht, Untreue sei ein probates Mittel bei Verfallserscheinungen in langjährigen Beziehungen. Es komme allerdings auf die richtige Dosierung an. Einig waren wir uns alle, dass Fremdgehen bei Männern inakzeptabel ist und schwer bestraft werden muss.

«Andererseits kommt es immer auf den Standpunkt an, von dem aus man das Thema Treue betrachtet», sagte Sonja und grinste vielsagend. «Ich bin ja zurzeit sehr daran interessiert, dass ein bestimmter Mann seiner Freundin untreu wird.»

Ich hielt den Atem an – um dann lässig zu parieren: «Das ist klar. Wenn man einen haben will, kann man keine Rücksicht nehmen auf diese lästige Kleinigkeit, dass er bereits vergeben ist.»

Im Übrigen ist das tatsächlich meine Überzeugung. Ich meine, wir leben in einer freien Marktwirtschaft, in der sich das bessere Produkt beim Verbraucher durchsetzt. Und wenn der sich zu einem Markenwechsel entschließt, ist das sein gutes Recht.

Wenn jemand meinetwegen seine Freundin verlässt – ich will nicht unbescheiden sein, aber das ist schon ein-, zweimal vorgekommen –, finde ich das völlig in Ordnung. Zwingt ihn ja keiner. Es ist, um das noch hinzuzufügen, doch eine Entscheidung, die guten Geschmack beweist. Ist doch wahr.

«Sag mal, Sonja, wie steht's denn mit deinem Superbenni? Ich habe Annabel schon erzählt, dass du ein Auge auf jemanden geworfen hast.»

Superbenni?

Habe ich tatsächlich Superbenni gehört?

Meinen die tatsächlich meinen kleinen Schnuffelhasen? Mein Purzelbäckchen, der sich vor Spinnen ekelt, das aber niemals öffentlich zugeben würde? Meinen Ben, der zwar breite Schultern hat, aber nur eine Hand voll Haare auf der Brust, die wir liebevoll die Kelly-Family nennen? Meinen Ben, der niemals ohne seine Espresso-Maschine und seinen Entsafter verreist? Meinen Ben, der aussieht wie ein sehr großes und zufriedenes Baby, wenn er schläft?

Ich gebe zu, es war hart, diese beiden Frauen über meinen Freund sprechen zu hören, als handele es sich nicht bloß um meinen Freund, sondern um einen absoluten Wahnsinnstypen.

«Wie sieht dieser Superbenni eigentlich aus?», fragte ich möglichst beiläufig.

«Das Schönste an ihm sind seine Augen, aber er hat auch einen sehr ansehnlichen Hintern.»

Ich hätte ihr am liebsten eine reingehauen, weil sie es offensichtlich gewagt hatte, sowohl in die Augen als auch auf das Gesäß meines Lebenspartners zu glotzen. Die Schlampe. Abgesehen davon hatte sie mit ihren Beobachtungen völlig Recht.

«Aber am meisten mag ich an ihm diese ruhige, verlässliche Art. Weißt du, Annabel, er ist so ein Typ, wenn der neben dir steht, kann dir nichts Schlimmes mehr passieren. Ich war die letzten vier Jahre mit einem Vollchaoten zusammen. Der hat nichts auf die Reihe gekriegt. Nannte sich freier Fotograf und hat im Jahr ungefähr drei Bilder verkauft. Nur im Fremdgehen war er 'ne große Nummer. Jetzt brauch ich was Solides und Zuverlässiges.»

«Aber wenn dieser Benni so solide ist, wird er seine Freundin womöglich nicht betrügen?», warf ich vorsichtig, vielleicht ein wenig zu hoffnungsvoll ein.

«Er soll sie ja auch nicht betrügen. Er soll sie verlassen.»

Sonja lachte, Cora lachte – und ich versuchte zu lachen. Aber es klang wie das panische Meckern einer steinalten Bergziege, die plötzlich vor einem Abgrund steht.

Leider wechselten die beiden das Thema, weil der Ober die Speisekarten brachte und Sonja auf einer Liste in ihrer Handtasche nachschauen musste, welche der angebotenen Speisen welchen glykämischen Index haben. Mit diesem Verfahren habe sie zehn Kilo in vier Monaten abgenommen, behauptete sie. Man brauche nur auf Lebensmittel mit einem hohen GI zu verzichten oder sie mit Lebensmitteln mit einem niedrigen GI zu kombinieren. Daran war ich natürlich sofort derartig interessiert, dass ich für die nächsten Minuten völlig vergaß, um welch üble Kreatur es sich bei meinem Gegenüber handelte. Ich sah meine überschüssigen dreieinhalb Kilo binnen zweier Monate schwinden, einfach nur durch eine Liste in meiner Handtasche. Da galt es die Prioritäten neu zu ordnen.

Es kam ans Licht, dass Sonja keineswegs nur durch bestimmte Speisenkombinationen Gewicht verloren hatte. Die wirklich leckeren Sachen wie Toastbrot mit dick Butter und zwei Scheiben Gouda drauf, fünfhundert Gramm Spaghetti Arrabiata für zwei Personen oder eine halbe Tonne Cookie-Eis mit echten Kuchenstückchen drin waren natürlich allesamt ersatzlos von ihrem Ernährungsplan gestrichen. Dass Jägerschnitzel mit Fritten und Mayo nicht schlank macht, auch dann nicht, wenn man es mit dem absoluten Top-Fettverbrenner grüne Linsen kombiniert, hatte ich auch vorher schon vermutet.

Meiner Erfahrung nach gibt es nur ein einziges Erfolg versprechendes Rezept fürs Abnehmen: a) Iss grundsätzlich nichts, was dir schmeckt. b) Von dem, was dir nicht schmeckt, iss wenig. c) Nach achtzehn Uhr iss gar nichts mehr.

Wenn du das drei Monate durchhältst, wirst du feststellen, dass du auf einmal viel mehr Geld zur Verfügung hast. Du musst keine Geburtstagsgeschenke mehr kaufen – du hast nämlich keine Freunde mehr. Und dein Partner überlegt sich auch, wie lange er das noch mitmacht. Zwar brauchst du beim Sex den Bauch nicht mehr einzuziehen, aber die Pulsuhr, die du dabei trägst, um in jedem Fall die optimale Herzfrequenz zur Fettverbrennung einzuhalten, geht ihm ziemlich auf den Wecker.

Er hasst es, dass du nicht mehr spontan mit zum Italiener kommen kannst, weil du ständig einen Entlastungstag einlegst, den du mit einer schönen Scheibe Pumpernickel ausklingen lassen möchtest. Und er mag auch nicht mehr vor dem Einschlafen auf den meterhohen Turm mit Fachliteratur neben dem Bett blicken: «Für immer jung», «Für immer schön», «Für immer fit», «Darmentschlackung für Anfänger». Auf den meisten dieser Bücher ist ein alter, weißhaariger Mann abgebildet. Ein Grinsekuchen, der aussieht, als sei er irgendwo ausgebrochen, wo er besser hätte bleiben sollen.

Ben hat mit mir in dieser Hinsicht einiges mitgemacht. Er selbst neigt zum Bauchansatz, isst, was er will, und geht am Wochenende joggen. Er hat ein wesentlich entspannteres Verhältnis zum Gewicht seines Körpers als ich. Neulich traf ich ihn zu Hause dabei an, wie er ungefähr sieben Jeans aussortierte, um sie zum Secondhand-Laden zu bringen.

«Was ist mit deinen Hosen?»

«Sind mir zu eng geworden. Ich habe mich nach langer Zeit mal wieder gewogen. Zweiundachtzig Kilo. Das sind zweieinhalb Kilo mehr als bei meiner Konfirmation.»

Nun ist das ja wirklich nicht als dramatische Gewichtszunahme zu bezeichnen. Aber ich freute mich doch ein wenig, dass mein Ben, der diesbezüglich sonst eher wenig Verständnis für mich hat, nun mal am eigenen Leib erfuhr, wie das ist: sich von tadelloser Kleidung zu trennen, weil man sich einfach nicht mehr länger vormachen kann, dass man in diesen Minirock aus dem Jahre 1997 jemals wieder reinpasst. Und weil man Platz schaffen muss im Kleiderschrank für Sommergarderobe, in der man aussieht wie ein geblümtes Zweimannzelt. Ich bin fest davon überzeugt, dass viele Frauen nur deshalb einen Schuh-Tick haben, weil sich bei Schuhen die Größe niemals ändert.

Eine Woche später sagte mir Ben, dass er jetzt sein Idealgewicht habe.

«Innerhalb von sieben Tagen? Wie soll das gehen? Hast du heimlich die magische Kohlsuppendiät gemacht?»

«Nein. Ich wiege immer noch zweiundachtzig Kilo. Aber

ich habe beschlossen, dass das mein neues Idealgewicht ist.»

So einfach hat er sich das gemacht. Völlig naiv und total an den Gesetzen des Body-Mass-Index vorbei. Wenn er joggen geht, weigert er sich, die Pulsuhr mitzunehmen, die ich ihm zum siebenunddreißigsten Geburtstag geschenkt habe. Er sagt, für ihn sei Laufen eine Art Entspannungstechnik, und es sei ihm völlig wurscht, welchen Puls er dabei habe. Mich nimmt er im Übrigen auch nicht mit zum Joggen, weil ich angeblich mit meiner Pulsuhr nicht umgehen könne. Dabei ist es mir nur ein einziges Mal passiert, dass ich völlig in Panik geriet, weil ich glaubte, auf einen Infarkt zuzusteuern. Ich hatte die Herzfrequenz mit der Uhrzeit verwechselt.

Sonja gab dann doch zu, dass Liebeskummer das sicherste Rezept zum Abnehmen ist. Mindestens fünf ihrer zehn Kilo verdanke sie dem treulosen Trottel, den sie vor vier Monaten endlich an die Luft gesetzt habe.

«Wenig feste Nahrung, viel Alkohol, viele Zigaretten, viele durchgeheulte Nächte – ich sage euch, da purzeln die Pfunde.»

Cora und ich nickten verständnisvoll. Ich dachte mit Schaudern an meine Lars-hat-mich-verlassen-Diät, an meine Hat-Lars-wirklich-mit-Biene-geschlafen-Entlastungstage und an die Ja-Lars-hat-mit-Biene-geschlafen-Fastenkur. Eigentlich war ich immer dann am dünnsten, wenn es mir am schlechtesten ging. Und am besten fühlte ich mich immer dann, wenn ich etwas übergewichtig war. Jetzt mal abgesehen von den schlimmen depressiven Verstimmungen, die ich dann wegen meines Gewichts entwickelte.

Cora meinte, das zweitbeste Rezept zum Abnehmen sei, sich frisch zu verlieben.

«Womit wir wieder beim eigentlichen Thema sind: Wann siehst du deinen Robin denn wieder?»

«Morgen Nachmittag. Er holt mich in Portals Nous ab und will mir irgendeine einsame Bucht im Norden zeigen.»

Die beiden brachen in lautes Gekicher aus. Sonja pfiff sogar auf zwei Fingern wie ein Bauarbeiter, an dessen Bagger eine Blondine vorbeigeht. Ich selbst habe lange geübt, auf zwei Fingern zu pfeifen, und schließlich aufgegeben. Das Einzige, was ich hervorbrachte, waren sehr viel Spucke und manchmal auch längst vergessene Speisereste gewesen. Ich beneidete Sonja um dieses Talent, weil ich es irgendwie irre lässig finde. Immerhin kann ich mit den Ohren wackeln, aber das macht natürlich längst nicht so viel her.

Cora wollte mit mir auf einen gelungenen Beischlaf anstoßen. Ich war genauso verwundert wie sie, als ich mich sagen hörte:

«Lieber nicht. Du hast mich doch eben gefragt, ob ich meinen Freund noch liebe. Die Antwort ist ganz eindeutig: ja! Ich will nicht mit einem schlechten Gewissen nach Hause fahren. Ich glaube, auch ohne mit Robin zu schlafen, habe ich in den letzten Tagen genug Abenteuer erlebt. Du hast absolut Recht, Cora, man darf seine Beziehung nicht aufs Spiel setzen, bloß weil man sich gerade mal wieder ein wenig langweilt.»

Beeindruckt lehnte ich mich zurück. Ja, das klang gut. So gar nicht nach mir. Was ich natürlich nicht hinzufügte, war, wie extrem beeindruckend ich es fand, dass sich eine Hammerfrau wie Sonja in meinen Freund verliebt hat. Nichts macht einen Mann attraktiver als eine attraktive Frau, die für ihn schwärmt. Ich sah meinen Benni in ganz neuem Licht. Natürlich war ich mir bewusst, wie primitiv meine Reaktion war: Kaum hast du Angst zu verlieren, was dir gerade noch alltäglich und fad erschien, klammerst du dich mit aller Macht daran fest. Genau wie als Benni vorschlug, wir könnten meinen Laura Ashley-Sessel doch in den Sperrmüll geben. Bis dahin hatte ich ständig an dem Möbel rumgenörgelt. Der Bezug sei speckig und die Kissen zerschlissen. Aber seit ich einmal die Verlustangst zu spüren bekommen hatte, saß ich fast rund um die Uhr in dem alten Sessel und erwog sogar, ihn neu aufpolstern zu lassen. Ähnlich erging es mir jetzt mit Ben. Ich konnte es kaum abwarten, nach Hause zu kommen, ihm alles zu erzählen, ihm den Kontakt mit Sonja zu untersagen und dann ganz doll lieb zu ihm zu sein, damit er gar nicht erst auf den Gedanken kommt, er könnte es bei einer anderen Frau besser haben als bei mir.

«Ach, wie romantisch», seufzte Cora.

Sonja erhob ihr Glas. «Darauf trinken wir. Auf Annabels glücklichen Freund und, wenn ihr erlaubt, auf Superbenni, den ich gestern zum ersten Mal geküsst habe.»

«Was!?», schrie Cora völlig begeistert.

«Nein!!», schrie ich völlig entsetzt.

Ich dachte, ich kippe auf der Stelle vom Stuhl. Das ist doch nicht zu fassen! Da beschließe ich großmütig, auf den Geschlechtsakt mit einem wesentlich jüngeren Mann, noch dazu Yachtbesitzer, zu verzichten und die Krise mit meinem Freund für beendet zu erklären, und was erfahre ich just in diesem Moment? Der knutscht in meiner Abwesenheit rum! Und das, während ich mich zurückziehe, um in Ruhe und mit Sorgfalt über unsere Beziehung zu grübeln. Was für eine bodenlose Respektlosigkeit! Panik, Kummer und Mordlust überkamen mich gleichzeitig.

«Und? Wie ist es dazu gekommen? Hat er zurückgeküsst?»

Geschmeichelt von so viel aufrichtigem Interesse lehnte sich Sonja zurück.

«Ich habe Ben gestern Abend zufällig im ‹Bereuther› getroffen. Als er gehen wollte, habe ich ihn am Ausgang abgefangen. Das war natürlich die absolut supergünstige Gelegenheit. Bisher hatte ich ihn ja immer nur im Büro und einmal zum Kaffeetrinken in der Kantine gesehen. Da war er zwar immer total freundlich, aber ziemlich zurückhaltend und schweigsam. Aber genau das mag ich ja. Dass das nicht einer von den Typen ist, die mir erst unaufgefordert was von den Problemen mit ihrer Freundin erzählen und mich dann fragen, ob ich schon zum Frühstück verabredet bin.»

Ich hakte mit zittrigem Stimmchen nach.

«Er hat Probleme mit seiner Freundin?»

«Bis gestern Abend haben wir nie über sie geredet. Ich weiß nicht mal, was die macht, wie die heißt oder wie die aussieht. Da habe ich ihn auch nie nach gefragt. Aber gestern waren wir beide schon leicht angetrunken, und er wirkte irgendwie bekümmert. Da habe ich das Thema dann mal angeschnitten. Na ja, viel hat er nicht erzählt. Außer, dass sie für ein paar Tage überraschend in Urlaub gefahren ist und er nicht genau weiß, was eigentlich ihr Problem ist. Er sagt, sie hat eine Schwäche für Probleme und steigert sich da gerne mal in was rein. Und dann kam echt der Hammer. Da erzählt er mir doch glatt, dass er mich ihr gegenüber mal erwähnt hat, nur so nebenbei. Da hat die Alte wohl sofort Lunte gerochen, ist auf die Barrikaden gegangen und hat geschimpft, wie dämlich er denn eigentlich ist, dass er nicht merkt, dass da jemand total scharf auf ihn ist.»

«So ganz blöde scheint die jedenfalls nicht zu sein.»

Ich warf Cora einen dankbaren Blick zu.

«Außerdem versorgst du ihn ja auch seit einem halben Jahr mit allen möglichen Kosmetik-Proben. Da würde ich als Frau auch misstrauisch werden, wenn mein Typ im Badezimmer für seine Beauty-Produkte auf einmal mehr Platz braucht als ich. Hast du ihm nicht erst neulich einen riesigen Präsentkarton mit der Männerserie von ‹Clarins› geschenkt? Spätestens da hat seine Freundin doch bestimmt Lunte gerochen.»

«‹Clarins› macht jetzt auch Kosmetik für Männer?»

Ich war kurzzeitig abgelenkt. Denn weder wusste ich davon, noch hatte ich jemals ein Produkt dieser neuen Serie in unserem Badezimmer gesehen. Hatte Ben, der perfide Stratege, die kostbaren Sachen verschwinden lassen, um mich in Sicherheit zu wiegen?

Sonja fuhr fort, sich über Bens Freundin lustig zu machen.

«Und dann sagte Ben noch, dass er ihr am besten gar nicht erzähle, dass wir uns gestern zufällig getroffen haben, weil sie sich dann sowieso wieder nur grundlos aufregen würde. Das war natürlich die perfekte Vorlage für meinen Einsatz.»

Ich erschauerte.

«Nämlich?»

«Ich dachte, dem Typen muss ich jetzt mal mit dem Holzhammer klar machen, was hier läuft. Also hab ich mich ganz nah vor ihn gestellt und gesagt: ‹Bist du auch ganz sicher, dass deine Freundin keinen Grund hat, sich aufzuregen?›»

Cora war begeistert.

«Neee! Das hast du gesagt!? Das ist ja so billig, dass es schon wieder gut ist!»

«Und Ben, was hat er gemacht?», krächzte ich erbleichend.

«Nichts. Der war total verdutzt. Und dann hab ich ihn einfach auf den Mund geküsst und bin gegangen.»

Cora und ich schwiegen ergriffen. Ich musste leider zugeben, dass Sonja da einen ziemlich lässigen Auftritt hingelegt hatte. Könnte durchaus ganz nach Bens Geschmack gewesen sein. Ich musste ihn damals auch zu seinem Glück zwingen. Er ist nicht der Typ Mann, der nicht länger als drei Stunden ohne Freundin sein kann und deswegen nach kurzer Partnerschafts-Abstinenz leicht zu haben ist. Im Gegenteil. Als ich ihn traf, war er anderthalb Jahre lang Single gewesen. Es hatte ihm gefallen: «Das ist gut für die Nerven. Man hat wesentlich mehr Zeit, kann durchschlafen und wird nicht um drei Uhr früh von irgendeiner Bekloppten geweckt, die ein Problem hat, das sie unbedingt mit dir besprechen will.»

Man muss dazu sagen, dass Bens letzte Freundin Anja eine ausgemachte Hypochonderin war. Der Notarzt war häufiger Gast bei ihr zu Hause. Besonders nachdem sie sich ein Blutdruckmessgerät angeschafft hatte, das sie ständig trug, um jede noch so kleine Abweichung von hundertzwanzig zu siebzig als deutliches Zeichen für ihr baldiges Ableben zu empfinden. Einmal hatte sie Ben nachts wachgerüttelt – und mein Benni ist nicht leicht zu wecken, wenn er einmal schläft – und gerufen: «Beenniee, wach auf, es ist was Schreckliches passiert! Ich habe Multiple Sklerose!»

Nun ist Benedikt Cramer, wie schon gesagt, nicht der Typ, der leicht aus der Ruhe zu bringen ist. Nachdem er sich noch einigermaßen höflich nach den Symptomen erkundigt hatte, kränkelte seine Höflichkeit, als sich herausstellte, dass Anja lediglich der Arm eingeschlafen war.

Ben hat schon 'ne Menge mitgemacht mit Frauen. Das mag auch damit zusammenhängen, dass er selbst eher pflegeleicht ist. Das lässt einfach mehr Raum für Kompliziertheiten des Partners. Ich persönlich bin dankbar dafür. Ich könnte nicht gut mit einem Partner zusammen sein, der eine ähnliche Anzahl interessanter Probleme mit in die Beziehung bringt wie ich. Da hätte ich sehr schnell Angst, dass meine Sorgen zu kurz kommen – und man weiß ja, wie das endet. Wenn man eine Sorge nicht regelmäßig pflegt und bespricht, dann schrumpft sie allmählich in sich zusammen, bis sie irgendwann ganz aufhört zu existieren. Das schleichende Sorgensterben: eine schlimme Sache für Beziehungen.

Außerdem passt es nicht zu Männern, allzu viele Probleme zu haben. Genauso wenig wie es zu ihnen passt, auf die Sonnenbank zu gehen, launisch zu sein, Volkshochschulkurse zu besuchen oder sich noch darüber aufzuregen, dass Frauen nun mal so sind, wie sie sind.

Ich finde, dass mein Benni diesbezüglich sehr männlich ist. Ich wäre zutiefst erschrocken, wenn er mich nachts wecken würde, um Trost zu suchen, weil Schalke 04 abgestiegen ist. Ich sähe es auch extrem ungern, wenn er mich bitten würde, beim Zahnarzt seine Hand zu halten. Und unsere Beziehung wäre definitiv in dem Moment beendet, in dem er von mir verlangte, auszusteigen, um ihn in eine Parklücke einzuweisen.

Natürlich erwarte ich von ihm, dass er versucht, meine Probleme zu verstehen. Aber zu viel Einfühlsamkeit wäre mir auch wieder nicht recht. Für gewisse Sachen sind die besten Freundinnen zuständig. Ein Mann, der sich auf eine mehrstündige Diskussion über figurstraffende Pflegelotionen einlässt, wäre mir unheimlich. Das sind diese menstruierenden Männer, die für alles Verständnis haben. Die sich immer die Zeit nehmen, mit dir über deine Frisur, deine Bauchdecke, deinen Chef zu sprechen – selbst dann, wenn gerade Fußball läuft. Nein, Probleme sind im Großen und Ganzen Frauensache.

Ich höre schon, wie man mir vorwirft, dass ich mit zweierlei Maß messe. Aber erstens ist das eine korrekte Feststellung, und zweitens empfinde ich das nicht als Vorwurf. Ich finde es völlig normal und richtig, mit zweierlei Maß zu messen. Wo kämen wir denn hin, wenn wir alles über einen Kamm scheren? Auch Ben wundert sich gelegentlich, warum ich mich bei ihm über Sachen aufrege, die ich bei mir selbstverständlich finde. Eine blöde Frage. Natürlich, weil wir zwei unterschiedliche Menschen sind, bei denen es Unterschiedliches bedeutet, wenn sie dasselbe tun. Ist doch völlig klar. Wenn Ben bis drei Uhr morgens mit Nikos in einer Bar rumhängt, finde ich das schon nur halbwegs lustig. Wenn er aber am nächsten Tag erzählt, dass Nikos schon um eins gegangen ist, hört der

Spaß langsam auf. Und wenn dann noch rauskommt, dass Ben die letzten zwei Stunden mit Barbara, einer Bekannten von Nikos, verbracht hat und das «echt lustig» war, ist endgültig Schluss mit lustig.

Ben wird dann immer sehr kleinlich. «Du warst am Samstag bis drei Uhr mit Steffi weg. Da habe ich auch nichts gesagt.»

«Das ist doch was völlig anderes.»

«Und diesen Typen, den ihr getroffen habt, den du so amüsant fandest?»

«Ich finde ständig irgendwelche Typen gut. Das hat bei mir nichts zu bedeuten. Ich bin einfach aufgeschlossener und menschenfreundlicher als du. Aber wenn du eine Frau lustig findest, dann ist das bedenklich. Du findest Frauen nie lustig.»

«Doch. Dich.»

«Na bitte. Du findest diese Barbara also in etwa so gut wie mich. Und darüber soll ich mich nicht aufregen dürfen?»

«Worin besteht denn der Unterschied, wenn du bis drei weggehst oder ich bis drei weggehe? Erklär mir das bitte.»

Manchmal ist mein Freund wirklich schwer von Begriff.

«Du bist du, und ich bin ich. Nur weil du dich nicht darüber aufregst, wenn ich spät nach Hause komme, heißt das noch lange nicht, dass ich nicht das Recht habe, mich aufzuregen, wenn du zu spät nach Hause kommst.»

An diesem Punkt verlässt Ben jedes Mal den Raum. Das ist auch besser so, weil ich meist schon drauf und dran bin, mich noch zusätzlich darüber aufzuregen, dass er sich nicht aufregt. Wie kann er es völlig normal finden, wenn ich spät nach Hause komme und von einem lustigen

Typen erzähle? Warum ist er nie eifersüchtig? Ben würde sagen: Weil er mir vertraut. Aber das finde ich eine Unverschämtheit. In Wahrheit ist er sich meiner bloß viel zu sicher und traut mir nicht zu, dass ich ihn betrüge. So sieht die Sache aus!

Aber das wird sich jetzt gründlich ändern. Lässt sich der Typ doch glatt im «Bereuther» in aller Öffentlichkeit küssen. Auch noch von einer Frau, die wesentlich besser aussieht als ich. Was sollen denn da die Leute denken? Nicht mit mir. Auge um Auge? Zahn um Zahn? Von wegen! Bei mir heißt es: Zahn gegen Gebiss.

Ich beschloss, zum ultimativen Gegenschlag auszuholen: dem gezielt eingesetzten Geschlechtsverkehr.

Cora riss mich aus meinen verbitterten Überlegungen, als sie Sonja fragte, wie es denn nun mit ihrem Superbenni weitergehen solle.

«Wartest du jetzt, dass er sich meldet, oder was?»

«Meine Nummer hat er jedenfalls. Ich warte noch einen Tag. Aber ich glaube, er gehört zu der Sorte Mann, die man zu ihrem Glück zwingen muss. Ich werde ihm morgen eine SMS schicken, ob wir uns nicht am Sonntagabend bei mir zu Hause treffen wollen. Deutlicher geht's nun wirklich nicht mehr. Und dann werde ich auf seine Antwort warten. Die wird dann alles entscheiden.»

Sonja deutete auf ihr Handy auf dem Tisch. Ich schaute das Telefönchen bedrückt an. Ich würde nie erfahren, was mein Ben auf dieses unmoralische Sonntagabend-Angebot antworten würde. Ob er den heiligen Sonntag, unseren Sonntag, unseren liebsten Abend in der Woche, mit ihr verbringen würde? Ich sah drei furchtbare, von Zweifel,

Angst und Eifersucht verseuchte Tage vor mir. Mein Flugzeug würde am Sonntagnachmittag um sechs landen. Um sieben würde ich die Wohnungstür aufschließen. Was würde ich vorfinden?

Vielleicht einen Zettel? «Tut mir Leid, Belle, Großkunde in Not. Kann spät werden heute Abend.» Oder: «Das hast du jetzt davon, dass du mir ständig deine Krisen aufdrängst und beleidigt abhaust. Ich bin heute Abend eingeladen und ziehe ab morgen übergangsweise zu Nikos.» Oder: «Liebe Belle, ich habe eine andere Frau kennen gelernt. Du kannst die Wohnung und die Möbel behalten. Von meiner Seite gibt es nichts mehr zu sagen. Es tut mir Leid. Benedikt.»

Ja, das wäre wahrscheinlich der Ton, mit dem Ben sich aus meinem Leben verabschieden würde. Höflich. Aber sehr direkt. Er würde nicht lange drum rum reden. Er würde mir die Wahrheit sagen und gehen. Und dann?

Dann stünde ich da mit meiner beschissenen Abenteuerlust, mit meiner dämlichen Sehnsucht nach Veränderung. Hauptsache, Annabel Leonhard hat das Gefühl, es ist was los in ihrem Leben. Na toll, da hast du dein Ziel doch erreicht. Jetzt ist so richtig was los in deinem Leben. Sei froh. Bald kannst du dir einen neuen Partner suchen. Dich frisch verlieben. Wieder Herzklopfen haben, wenn er dich anruft, wieder weinen, wenn er dich nicht anruft. Das schöne, alte, immer neue Spiel. Glückwunsch, Annabel, du bist wieder für alles zu haben. Zurück auf Los. Du bist frei. Ach, das hast du nicht gewollt? Du wolltest nur mal so tun, als seiest du frei. Wolltest einen kurzen Ausflug machen in die Welt der Singles, dich ein bisschen begehren lassen, ein bisschen selbst begehren. Aber nicht so richtig. Ernst sollte es nicht werden. Spielen, aber nichts aufs Spiel setzen. Verloren. Selber schuld.

Sonjas Handy riss mich aus meiner Verzweiflung, die ich mir natürlich nicht anmerken lassen durfte. Es klingelte in einer Lautstärke, die anzeigte, dass der Besitzer dieses Telefons wenig Wert darauf legt, andere Menschen nicht zu stören. «Rücksichtslose Pissnelke!», dachte ich verbittert. Ich war jetzt wirklich schlechter Stimmung. Das Telefon hörte nicht auf zu klingeln. Erst jetzt bemerkte ich, dass Sonja während meiner Grübeleien zur Toilette gegangen war. Die Leute um uns rum warfen uns bereits böse Blicke zu, und ein Kellner näherte sich drohend unserem Tisch.

«Sag mal, das ist ja nicht zum Aushalten!» Cora griff beherzt Sonjas Handy und meldete sich mit einem unhöflichen Bellen.

«Hallo? Nein, Sonja kann grade nicht ans Telefon kommen!»

Ich starrte Cora an. War das Ben am anderen Ende der Leitung? Ich hörte auf zu atmen.

«Nein, sie ist in einer Besprechung. Ja, wir arbeiten hier sehr lange. Soll ich ihr was ausrichten?»

Ich war einer Ohnmacht nahe.

«Alles klar, ich sag's ihr. Deine Nummer hat sie? Bis wann kann sie denn … ach so, jederzeit? Alles klar. Wir sind noch bis Sonntag hier. Ja, dir auch, tschüss.»

Mit einem wissenden Lächeln, für das ich sie beinah auf der Stelle erdrosselt hätte, legte Cora das Handy zurück.

«Na, da wird sich Sonja aber ganz besonders freuen.»

«War das …?» hauchte ich und wagte weder den Satz noch den Gedanken zu Ende zu bringen.

«Rat mal, was der gesagt hat, als er hörte, dass wir noch bis Sonntag hier sind?»

Ich hielt immer noch die Luft an.

«Was denn?»

Cora kicherte haltlos vor sich hin.

«Das kann ja wohl nicht Warstein!»

«Dann war das nicht …?»

«Das war Ich-kratz-mir-am-Sack-Ikmas, der fragen wollte, wann seine bezaubernde Kollegin wieder da ist.»

Ich ging erst mal zur Toilette, wo ich meinen Angstschweiß mit einer Rolle Klopapier trocknete. In der Kabine, die ich gewohnheitsgemäß nicht abgeschlossen hatte, überraschte mich eine ältere Dame. Toller Anblick: völlig fertige Frau mit ärmellosem Hängerkleid und dreilagigem Toilettenpapier unter den Achseln. Ich verstehe nicht, warum das durchschnittliche Sommerkleid keine Ärmel hat. Als sei der durchschnittliche weibliche Oberarm makellos. Wobei ich mir einbilde, dass ich durch meine Cindy-Crawford-Hantel-Gymnastik gerade im Bereich des Trizeps einiges mehr an Spannkraft aufgebaut habe. Mein Horror ist, in fünfzehn Jahren statt Oberarmen Quallen zu haben, labberige, haltlose Hautlappen, die ständig aus irgendwelchen Ritzen quellen. Ich setzte mich auf den Toilettendeckel, langsam eine vertraute, lieb gewonnene Pose, und hielt mit einem Fuß die Tür zu. Ich brauchte eine Verschnaufpause.

Bis Sonntag würden Cora und Sonja also auf der Insel bleiben. Ich musste irgendwie versuchen, so viel Zeit wie möglich mit ihnen zu verbringen. Mit Konkurrentinnen ist es wie mit hässlichen Käfern an der Schlafzimmerdecke: Solange du sie im Blickfeld hast, kannst du noch was unternehmen, sie mit einer zusammengerollten Programmzeitschrift platt hauen – oder auf dem Sofa schlafen. Unheimlich wird es erst, wenn du den Käfer aus den Augen verlierst. Dann sitzt dir plötzlich der Feind mitten auf der Stirn, und du bist wehrlos. Ich musste es unbedingt schaffen, möglichst lückenlose Feindbeobachtung zu betreiben. Ich musste wissen, ob Ben sich bei Sonja melden und wie er auf ihre SMS reagieren würde.

Zu diesem Zweck musste Sonja kurzfristig meine beste Freundin werden.

«Habt ihr am Samstag schon was vor? Meine Tante Gesa organisiert eine Abschiedsfeier für mich. Wäre toll, wenn ihr kommt.»

«Eine Party? Klar kommen wir! Oder, warte mal. Sonja, ist am Samstag nicht diese schreckliche Parfüm-Veranstaltung in Palma?»

«Nee, zum Glück ist die morgen. Und lass mich da bloß nicht alleine hingehen. Samstag können wir. Was ist mit Robin, kommt der Samstag auch zur Party? Den würde ich ja zu gerne mal sehen.»

«Klar, den lade ich auch ein.» Ich sagte das so leichthin, aber was für eine Beziehung würden «Stella» und Robin bis dahin haben?

«Sag mal, Sonja, wie wär's, wenn du morgen Abend mit Annabel zu diesem Parfüm-Event gehst? Ich hasse solche Veranstaltungen, ich fühle mich da immer total fehl am Platz. Außerdem würde ich viel lieber meinen ehemaligen Deutschlehrer in Santanyi besuchen. Wir können uns dann ja alle gegen Mitternacht treffen.»

Nur kurz überlegte ich, wie fehl am Platz ich mich wohl bei so einer Veranstaltung fühlen würde. Aber Opfer müssen eben erbracht werden. Eigentlich war ich morgen mit Robin verabredet, aber hier ergab sich nun unverhofft die Gelegenheit, einen weiteren Abend in Gesellschaft von Sonja und ihrem Handy zu verbringen. Das hatte Vorrang vor allem anderen. Damit war die Donnerstagsüberwachung perfekt. Robin hatte mir erzählt, dass die «Lady Harmony» am Freitagabend für einen Polterabend verliehen sei. Robin musste Steuermann spielen. Klar, dass man so eine Yacht nicht einfach aus der Hand gibt. Er hatte mir angeboten, mitzukommen, und ich ging einfach mal davon aus, dass er nichts dagegen hatte, wenn ich meine beiden neuen Freundinnen mitbringen würde. Cora und Sonja waren von meiner Idee begeistert. Damit war die Sonja-rund-um-die-Uhr-Beobachtung bis zu meiner Abreise fast perfekt. Bevor ich mich zu dieser taktischen Meisterleistung beglückwünschen konnte, fiel mir ein, dass ich Sonja unmöglich in einem durchgeschwitzten Strandkleid begleiten konnte. Ich meine, mir war schon klar, dass ich, egal worin, neben Sonja niemals besonders gut aussehen würde, aber man muss es ja nicht unnötig auf die Spitze treiben.

«Dann lass uns doch morgen zusammen einkaufen gehen!», schrie Sonja begeistert, und ich sah meine schlimmsten Albträume wahr werden. Bilder des Grauens entstanden vor meinem inneren Auge. Ich bin wirklich nicht fett, aber die Vorstellung, mich, womöglich in einer gemeinsamen Umkleidekabine, in Kleider zu bugsieren, die Sonja erst im letzten Drittel ihrer Schwangerschaft in Betracht ziehen würde – nein danke!

Ich konnte mir das Horrorszenario nur zu gut vorstellen: Du gehst mit ihr shoppen, zwängst dich in diese sagenhaft hippe Hüfthose und bist heilfroh, dass du noch so gerade in eine groß ausfallende Achtunddreißiger reinpasst, unbequem zwar – an Hinsetzen oder zweihundert Gramm zunehmen ist nicht zu denken –, aber immerhin, ein gutes Kleidungsstück für Stehpartys, bei denen es nichts zu essen gibt. Ein echter Gewinn also. Du drehst dich vor dem Spiegel, und in diesem Moment kommt deine schöne Begleiterin Sonja aus der Kabine. Sie trägt die gleiche Hose. Bloß in sechsunddreißig. Und spätestens wenn du deine Freundin dann sagen hörst: «An den Oberschenkeln sitzt sie, glaube ich, nicht eng genug», wirst du dich auf die Suche machen: nach einer anderen Hose und nach einer Freundin in deiner Größe.

«Wenn du willst, kann ich dir auch was von mir leihen. Du hast das Pech, dass dir sogar meine BHs passen müssten.»

Ich schaute Cora ergriffen an.

«Danke», sagte ich von Herzen. «Du hast auch 80 A?»

«So ist es, Schwester, wir müssen zusammenhalten.»

«Ihr tragt BHs? Na, da könnt ihr doch froh sein! Glaubt ihr etwa, ich hätte nur am Hintern abgenommen? Nee, zu allererst hat sich mein Busen verabschiedet. Nicht, dass ich vorher besonders üppig bestückt gewesen wäre. Aber jetzt? Ich habe schon überlegt, ob ich mir einen Bikini mit Gel-Polstern kaufen soll.»

«So was gibt's?» Ich war fasziniert von der Möglichkeit, in Zukunft mit Brüsten baden zu gehen.

«Klar, eine Freundin von mir war mit so einem Ding im Freibad. Nach zwei Bahnen Kraulen schwammen ihre Brüste neben ihr her.»

«Ich habe neulich etwas Demütigendes in der ‹Gala› gelesen. Angelina Jolie fragte in einer Talk-Show den Gastgeber, ob er wisse, was eine Frau in Los Angeles dazu berechtigt, einen Behindertenparkplatz zu benutzen.»

«Und?»

«Körbchengröße A.»

Es war nach zwei, als die Kellner sich nicht mehr bemühten, ihre Müdigkeit zu verbergen. Als einer mehrmals hintereinander gähnte, ohne sich die Hand vor den Mund zu halten, wurde es Zeit zu gehen. Sonjas Handy hatte mehrmals ein seltsam brummiges Pupsen von sich gegeben zum Zeichen, dass eine SMS eingegangen war. Mir war jedes Mal das Herz stehen geblieben, aber es war immer nur Ich-kratz-mir-am-Sack-Ikmas gewesen, der offenbar im Halbstundentakt Nachrichten versendete, ohne sich im Geringsten daran zu stören, dass keine beantwortet wurde.

«Schade, dass man immer die besonders toll findet, die sich nicht melden», seufzte Sonja weinselig. Ich verabschiedete mich: «Bis dannimanski.»

Den Abend des folgenden Tages kann man wohl ohne zu übertreiben als einen der misslungensten meines Lebens bezeichnen. Mein Mallorca-Urlaub hat seinen Tiefpunkt erreicht. Ich sitze in einer ungefähr fünfundneunzig Meter langen Limousine in einem taubenblauen Kleid, das nicht wirklich gut sitzt, mit zerlaufener Wimperntusche, rotäugig wie ein Albinokaninchen und emotional gesehen total zerrüttet. Immerhin gibt es in der Mini-Bar Whisky-Fläschchen. Ich trinke gerade die zweite. Nicht mit Soda gemixt, sondern mit dicken Tränen, die in kürzesten Abständen in mein Glas fallen. Ich bin untröstlich. Um die Sachlage kurz zusammenzufassen: Sonja ist in diesem Moment dabei, meinen Ben zu betrügen!!!

Dabei hatte der Tag eher vielversprechend begonnen. Ich lag die meiste Zeit mit Tante Gesa am Pool, und wir sprachen über einen dicken Düsseldorfer namens Hermann, der ihr gerade den Hof macht.

«Liebst du ihn denn?»

«Ehrlich gesagt, gefällt er mir schon sehr, sehr gut. Das ist mehr, als ich von meinen Ehemännern behaupten konnte.»

«Und was spricht dann dagegen? Warum erhörst du ihn nicht endlich?»

«Er ist verheiratet.»

«Oh, ich wusste gar nicht, dass du so moralisch bist.»

Irgendwie war ich angenehm überrascht. Meine Männer mordende Tante hatte Hemmungen, sich mit einem gebundenen Mann einzulassen?

«Natürlich bin ich nicht moralisch, Schätzchen. Willst du mich beleidigen? Ich liebe es, mit verheirateten Männern zu schlafen. Die stellen keine Ansprüche und konzentrieren sich ganz aufs Wesentliche: Sex. Mich langweilt dieses Kerzenscheingetue. Das ist doch nur Zeitverschwendung.»

«Und was ist so anders am Hermann?»

«So was habe ich selten erlebt. Es stört mich überhaupt nicht, abends neben ihm einzuschlafen und morgens neben ihm aufzuwachen. Ich habe, wie du vielleicht weißt, in all meinen vier Ehen auf getrennte Schlafzimmer bestanden. Meine Devise war immer: Nichts ist schädlicher für die Erotik, als neben einem Mann zu liegen, der im Schlaf schmatzt. Mein Erster hat geschnarcht wie eine Wagenladung Schweine, es war schlimm. Aber nichts gegen Hermann. Er grunzt wie eine Horde wilder Eber, sobald ich das Licht ausgemacht habe. Mittlerweile schläft er mit einem sehr hässlichen Anti-Schnarch-Nasenpflaster im Gesicht. Und was soll ich sagen? Ich finde ihn deshalb nur noch aufregender.»

«Ich glaube, du bist wirklich verliebt.»

«Da hast du wohl Recht, Kindchen. Aber obwohl wir uns schon seit einem halben Jahr treffen, kann er sich noch immer nicht dazu durchringen, sich scheiden zu lassen. Er hat Skrupel wegen seiner Frau.»

«Wieso? Ist sie alt und krank?»

«Nein. Sie ist gerade vierundzwanzig geworden und bildhübsch. Hermann befürchtet, dass sie es seelisch nicht verkraftet, wenn er sie wegen einer hässlichen alten Schachtel sitzen lässt. Er kommt übrigens auch zur Party am Samstag. Ich hoffe, es macht dir nichts aus, deine greise Tante wie einen verliebten Backfisch zu sehen. Er besucht mich für zwei Wochen. Seine Frau will er von Mallorca aus auf irgendeine Tour schicken. Er sagt, das Problem würde sich auf dieser Reise dann schon ganz von alleine regeln.»

«Das klingt ja, als würde er sie umbringen lassen!»

«Ja, nicht wahr? Ist das nicht herrlich romantisch?» Meine Tante Gesa kicherte unter ihrem gullydeckelgroßen Sonnenhut hervor. «Lass uns anstoßen, kleine Belle. Auf die Liebe und all das, was wir dummen Menschen manchmal für die Liebe halten!»

Sonja und ich hatten uns um acht vor der Bar «Abacco» in Palma verabredet, wo die Parfüm-Party stattfinden sollte. Ich war schon erschrocken, bevor ich den Laden überhaupt betreten hatte. Zum einen, weil vor dem Eingang Fotografen einen roten Teppich umlagerten. Zum anderen, weil ich Sonja sah. Ich fragte mich bei ihrem Anblick, ob sie mich nur als Begleitung gewählt hatte, um neben mir umso heller zu strahlen. Ich war ihr Waisenkind aus Kambodscha. Sie wollte angeben und so tun, als sei sie ein guter Mensch. Dabei war sie drauf und dran, einer arglosen, unbescholtenen, warmherzigen Frau den Mann zu stehlen. Diese Kackbratze!

Ich stampfte wütend auf sie zu, aber Sonja schien von meiner üblen Stimmung nichts zu merken und küsste herzlich den Luftraum neben meinen Wangen

«So, Annabel, und jetzt werden wir Spaß haben. ‹Lancaster› stellt heute Abend ein neues Parfüm vor. Das Zeug heißt ‹Kashba› und stinkt wie ein Kamelfurz. Aber die Party wird sicher großartig. Ach übrigens, kann ich mein Handy in deine Handtasche tun? Ich wollte keine mitnehmen. Man sieht damit immer so trampelig aus.»

Ach was, trampelig? Ich steckte ihr Handy verbittert in meine Tasche. Ich fühle mich unwohl, wenn ich nicht ein Minimum mir vertrauter Gegenstände bei mir habe. Gleichzeitig triumphierte ich natürlich innerlich. Ich war im Besitz des wichtigsten Beweismittels in diesem Fall. Möglichst gelangweilt schaute ich über den roten Teppich.

«Hast du eigentlich schon die SMS an diesen Superbenni geschickt?»

Ich versuchte so zu klingen, als hätte ich mich aus purer Höflichkeit danach erkundigt.

«Klar, gerade eben. Willst du sie lesen? Ich werde dich sowieso den ganzen Abend nerven und fragen, ob schon eine Antwort gekommen ist.»

Sonja holte ihr Handy aus meiner Tasche und zeigte mir den Text:

«Hast du dich von dem kuss erholt? Ich kann übrigens auch kochen! Kommst du am sonntagabend zum essen zu mir? Melde dich bei: SONJA!!!»

«Cool, ein echt lässiger Text.»

«Ich weiß nicht, glaubst du, er kapiert, wie ernst es mir ist?»

«Ich glaube, da brauchst du dir keine Sorgen machen. Das müsste selbst einer wie der kapieren.»

«Ja, ich denke auch. Und jetzt lass uns reingehen. Und versprich mir, dass du mir sofort Bescheid sagst, wenn's in deiner Tasche pupst, ja?»

Sonja zerrte mich ins Gedränge. Als Erstes trat ich einem älteren Herrn auf den Fuß, der mich daraufhin so hasserfüllt anstarrte, dass ich ihn erst erkannte, als er schon vorbei war: Michael Douglas! Obschon einer Ohnmacht nahe, konnte ich einen fachkundigen Blick auf seine Frau Catherine werfen, der mir bestätigte: Diese Frau hat einen Hintern wie ein wohlgenährtes Pony und ist mindestens fünf Jahre älter, als sie in der «Bunten» immer behauptet. Meine Stimmung besserte sich schlagartig. «Hey, Sonja, das war der Michael Douglas mit seiner Frau!»

«Hast du ihren fetten Arsch gesehen?»

Ich schüttelte natürlich energisch den Kopf. Ich kann es eben einfach nicht leiden, wenn man Frauen auf ihre Problemzonen reduziert. Schon gar nicht, wenn das Frauen tun, die keine Problemzonen haben. Ich kann es mir leisten, über voluminöse Hinterbacken zu scherzen. Nur Behinderten ist es erlaubt, Behindertenwitze zu machen.

Das «Abacco» war mit gigantischen Obstkörben und tausenden Rosen geschmückt. Ein herrlicher Ort, sich zu verlieben oder verliebt zu sein. Es roch nach Sünde und Lust, nach Orient und dem Gewürz, mit dem beim Inder das Linsengemüse angemacht wird. Ich dachte an Ben, ich dachte an Robin – und entschied mich einstweilen für einen Cuba Libre, der gerade an mir vorbeigetragen wurde. Ich wollte versuchen, in möglichst kurzer Zeit möglichst viel Alkohol zu mir zu nehmen. Vielleicht würde ich mir dann etwas weniger deplatziert vorkommen.

Ich hatte Sonja aus den Augen verloren und verbrachte die nächste Stunde damit, nach so vielen Cocktails wie möglich zu greifen, alle zehn Minuten Sonjas Handy hervorzuwühlen und mit offenem Mund Männern hinterherzustarren, die so gut aussahen, dass es schon nicht mehr schön war.

Eine ältere Dame musste meine bewundernden Blicke bemerkt haben.

«Dumm wie Bohnenstroh sind die alle. Ich muss es wissen, denn ich leite die Modelagentur, die sie eingeladen hat. Den da hinten mit den schulterlangen Haaren habe ich beim Casting spaßeshalber gefragt, wer zurzeit Bundeskanzler ist. Zehn Minuten lang behauptete er, es läge ihm auf der Zunge.»

Die Dame ging weiter, und ich war irgendwie erleichtert. Ich mag es, wenn sich Vorurteile auf so angenehme Weise bestätigen. Wobei ich mich selber auch nicht gerade als außerordentlich gebildet bezeichnen würde – ich denke, in etwa meiner Figur entsprechend: weder allzu üppig noch allzu mager.

Allmählich war ich genügend angeheitert, um die ganze Veranstaltung mit einer gewissen Gelassenheit über mich ergehen zu lassen. Ja, langsam kam ich sogar richtig in Stimmung und wagte, einen vorbeigehenden Mann anzusprechen.

«Sind Sie schwul? Sie sind einfach viel zu schön, um wahr zu sein.»

Der Herr lächelte gequält. Seine Freundin, so schmal, dass ich sie übersehen hatte, lächelte überhaupt nicht. Was für ein lustiges Fest! Wo wohl Sonja steckte? Nach vier Cocktails fühlte ich mich selbstbewusst genug, es mit ihr aufzunehmen. Ich würde sie zur Rede stellen. Hier und jetzt. Ich würde sie in einen der riesigen Obstkörbe schubsen, würde ihr befehlen, meinen Freund in Ruhe zu lassen, würde auf meine inneren Werte und auf meinen großen, aber festen Hintern verweisen und schließlich mit voluminöser Geste ihr Handy in meinen Cuba Libre fallen lassen. Entschlossen brachte ich meine Brüste in Stellung und marschierte los.

Sonja lehnte an einem Pfeiler. Ich näherte mich ihr von hinten. Einer Todeskralle gleich legte ich meine Hand auf ihre Schulter.

«Sonja, ich will dir jetzt endlich …»

Sie drehte sich zu mir um – und sah aus wie eine Irre: fiebrige Augen, glühende Wangen, aufgelöste Frisur. Ich erkannte die Symptome sofort.

«Annabel!» Sie fiel mir in die Arme.

«Ich bin verliihiihiebt!»

Der Alkohol in meinem Blut verdunstete schlagartig. Ich war komplett nüchtern.

«Was? In wen denn?»

«Siehst du den Typen da drüben?» Wie ein kleines Mädchen winkte sie einem Mann zu, der an der Bar stand und selbstverständlich nicht zurückwinkte. Gute Männer winken nicht, das ist bewiesen.

«Wer ist das?»

«Das ist Henning. Er ist Architekt in Berlin. Ich habe ihn gerade kennen gelernt und weiß genau, dass er der Mann meines Lebens ist. Ist das nicht unglaublich? Kannst du mich verstehen?»

Ich betrachtete Henning geringschätzig. Was hat er, was mein Benni nicht hatte? Ich war nicht begeistert, wie mein Schnuffelhase so mir nichts dir nichts von dieser flatterhaften Parfüm-Pute abserviert wurde.

«Und was ist mit deinem Superbenni?»

«Super wer? Vergiss ihn! Der ist wie nicht gewesen! Henning ist herrlich. Ich sage dir, dieser Mann ist mein Mann! Kennst du das Gefühl?»

Was sollte ich dazu sagen? Etwa: «Ja, auch ich war einstmals glücklich, bevor du spiddelige Schlampe dir meinen Freund unter den Nagel gerissen hast, um ihn dann bei erstbester Gelegenheit wegen eines anderen sitzen zu lassen!»

Ich schwieg lieber verbittert und beobachtete Henning, der mit zwei Gläsern in der Hand auf uns zusteuerte. Sah nicht schlecht aus, der Mann, dass musste ich zugeben. Grau melierte Schläfen, kantiges Gesicht. Aber pffh, was sagt schon das Aussehen über einen Menschen aus? Henning reichte uns die Gläser und machte eine winzige Verbeugung.

«Guten Abend, ich bin Henning Malik. Es ist mir eine Freude, Sie kennen zu lernen.»

Sonja kicherte verzückt, als hätte sie nicht mehr alle Tassen im Schrank.

«Guten Abend, ich bin Annabel Leonhard. Bis vor zwei Minuten war diese Frau da noch scharf auf meinen Freund. Passen Sie gut auf, worauf Sie sich einlassen. Und Ihr gutes Benehmen können Sie sich übrigens in den Arsch schieben», dachte ich und sagte: «Hallo.»

Ich habe mich in meinem ganzen Leben noch nie so überflüssig gefühlt wie in den folgenden Minuten. Sonja und Henning bemühten sich nicht mal, mich in ihr Gespräch einzubeziehen. Vielleicht waren sie auch nicht in der Lage dazu. Sie schienen völlig entrückt. Hier waren offenbar Urgewalten am Werk. Sie hing an seinen Lippen, er an ihren Brüsten. Na, so soll es sein. Erst als ich vernehmlich sagte: «Ich gehe jetzt», schenkte man mir für Sekunden ein Minimum an Aufmerksamkeit.

«Wie bedauerlich», murmelte Henning scheinheilig. Sonja legte mir die Arme um die Schultern und flüsterte: «Wir werden jetzt auch verschwinden. Henning wohnt in einem Hotel hier ganz in der Nähe. Du bist doch nicht sauer, oder? Du könntest doch mit einer der Limousinen von ‹Lancaster› ins ‹Mardavall› zurückfahren und in meinem Zimmer schlafen. Ich bin ganz sicher, dass ich es heute Nacht nicht brauche. Morgen treffen wir uns dann alle zum Frühstück, und ich werde euch von der unglaublichsten Nacht erzählen, die ich je erlebt haben werde. Einverstanden?»

Ich nickte benommen.

«Mmmmh, klar.»

Sonja drückte mir einen Kuss auf den Mund.

«Oh, klasse, du bist ein Schatz! Wünsch mir Glück.»

Als Sonja Arm in Arm mit Superhenning Richtung Ausgang ging, rieselten plötzlich tausende Rosenblätter auf ihre Köpfe, und aus den Lautsprechern schmetterte «Freude schöner Götterfunken». Kein Zweifel, die Parfüm-Präsentation hatte begonnen. Und kein Zweifel, dass Henning und Sonja noch ihren Enkelkindern von diesem Moment erzählen würden, in dem ihre Liebe so glamourös begann. Ich beneidete sie. Ich hasste sie. Ich hasste mich. Drei Minuten später saß ich in einer Limousine und ruinierte mir mein Make-up.

Im Hotel bestelle ich nun fast schon aus alter Gewohnheit eine Flasche Champagner und lege Sonjas Handy neben mich aufs Bett. Wegen diesem Henning hat sie das Ding völlig vergessen. Ich muss zugeben, dass ich komplett ratlos bin. Nichts, was auch nur im Entferntesten vergleichbar wäre, habe ich je erlebt. Aber ich weiß genau, jede Frau in meiner Lage würde sich genauso fühlen wie ich, nämlich wie ein übergewichtiges, erbarmungswürdiges Nichts. Mein Freund ist verliebt in eine Frau, die ihn nicht mehr liebt! Wenn er ihr nun eine SMS schickt, dass er die Verabredung für Sonntag annimmt? Was für eine Blamage! Für ihn und damit auch für mich. Ich will keinen Mann, der mich nur will, weil ihn die, die er wirklich will, nicht haben will. Und ich will natürlich schon gar keinen Mann, den keine andere will. Verflucht, wäre ich doch nie auf diese Insel gekommen.

Den Champagner trinke ich direkt aus der Flasche. Und ich denke, dass es keinen Unterschied macht, ob man sich bei Champagner schlecht fühlt oder bei Holsten-Bier. Und nur weil man die Vorhänge per Tastendruck schließen

kann, einen Fernseher über der Badewanne, Meerblick und eine echte Eiderdaunendecke hat, ist der Liebeskummer nicht erträglicher. Ich wünsche mir, ich wäre wieder zu Hause. Bei meinen Stofftieren und bei meinem Benni. Ach, wenn doch bloß alles nicht geschehen wäre. Wenn ich nie Frisch gelesen und eine Fettwaage gekauft hätte und nie einunddreißig geworden wäre. Dann wäre vielleicht noch alles so gut, wie es immer war. Aber das fällt mir zu spät auf.

Und dann pupst Sonjas Handy. Aber es ist nur Ikmas, der seiner anbetungswürdigen Kollegin eine angenehme Nacht wünscht. Das kann doch alles nicht Warstein!

## «Von welcher Seite sehe ich erotischer aus?»

Es trifft die Sache wohl ganz gut, wenn ich sage, dass ich zu diesem Zeitpunkt wie ein müder Mops aussehe. Verquollen, fahl, faltig, schlecht gelaunt. Irgendwann bin ich wohl, an meine Champagnerflasche gekuschelt, eingeschlafen. Jetzt stehe ich vor einem überwältigenden Frühstücksbüfett und habe keinen Hunger. Das ist mir noch nie passiert. Normalerweise fühle ich mich durch Büfetts immer animiert, von allem etwas und das auch nicht nur einmal zu nehmen. Es macht mich sonst nervös, wenn ich Karawanen älterer, dickerer Frauen im Stechschritt auf die Riesengarnelen in Aioli zumarschieren sehe. Da habe ich einfach keine Ruhe. Aber heute reicht mir ein schwarzer Kaffee. Ich bin wirklich in schlechter Verfassung.

«Annabel! Ich sitze hier!»

Cora winkt mir von der Terrasse zu.

«Na, ihr hattet wohl einen langen Abend. War's nett? Wo ist Sonja? Schläft sie noch?»

«Weiß ich nicht. Sie hat sich schon wieder neu verliebt.»

«Was? Erzähl!»

Ich bin gerade da, wo ich mit der Limousine ins «Mardavall» zurückfahre, als mir auffällt, dass Cora eigentlich auch ziemlich müde aussieht. Ihre Haare sind noch etwas struppiger als sonst, aber dafür glänzen ihre Augen verdächtig.

«Wie war es denn so bei deinem alten Deutschlehrer?»

«Mein ehemaliger Deutschlehrer. Von alt habe ich nichts gesagt.»

Cora grinst, und ich glaube, ich täusche mich nicht: Sie wird unter ihrer leichten Bräune sogar etwas rot. Potztausend, ja war ich denn gestern die einzige Frau in diesem Sonnensystem, die statt mit einem Mann, der nicht der eigene ist, mit einer Flasche ins Bett gegangen ist? Ich fühle mich irgendwie zu kurz gekommen.

«Er war Referendar, als ich gerade Abi machte. Wir hatten eine kurze, aber sehr intensive Beziehung. Über die Jahre haben wir dann nie ganz den Kontakt verloren. Vorletztes Jahr ist er mit seiner Frau nach Mallorca ausgewandert.»

Ich war erleichtert.

«Ach, mit seiner Frau? Und, ist die nett?»

«Keine Ahnung, die ist gerade für ein paar Tage in Deutschland.»

«Und? Habt ihr, ich meine hast du ...»

«Weißt du, Annabel, ich habe eins gelernt über Treue und Untreue, über aushäusige Phantasien und Flirts: Das A und O ist Diskretion. Ich glaube, Jungs lernen das schon auf dem Schulhof: Erzähle nichts und leugne alles. Wir Frauen lernen das erst viel, viel später oder gar nicht. Aber ich bin lernfähig. Und deswegen bleiben meine Lippen verschlossen. Ich genieße und schweige.»

Ich schaue sie bewundernd an. Was für eine Disziplin! Für mich ist Schweigen das reine Gegenteil von Genuss. Genau deshalb bin ich ja nicht der Typ für Untreue. Meinen jeweiligen Partnern gegenüber begründe ich das immer mit meinen moralisch, ethisch und altruistisch orientierten Überzeugungen. In Wahrheit ist das Risiko, erwischt zu werden, einfach zu groß für jemanden, der keinen einzigen Namen und keinen einzigen Witz behalten kann und regelmäßig vergisst, die Uhren von Sommer- auf Winterzeit umzustellen. Ich weiß auch nie, ob wir zu Hause noch Teelichter haben. Deswegen gehe ich regelmäßig auf Nummer sicher und kaufe einen Beutel mit fünfzig Stück. Daheim stelle ich dann immer fest, dass ein Dutzend Teelichter-Tüten in der Abstellkammer sehr viel Platz wegnehmen. Sollte jetzt irgendjemand meinen: «Aber Teelichter kann man doch nie genug haben», dem sei hier in aller Deutlichkeit gesagt: «Doch, man kann.»

Untreue erfordert außer einem intakten Erinnerungsvermögen noch vier weitere Eigenschaften, über die ich allesamt nicht verfüge:

**1. Diskretion**

Das heißt, etwas Außergewöhnliches zu erleben und nachher niemandem davon zu erzählen. Das ist mir absolut nicht möglich. Warum erlebe ich denn Dinge? Doch nicht, um sie dann für mich zu behalten. Das ist doch völlig widernatürlich. Gerade Sex erhält doch erst seine Qualität durch die verbale Nachbearbeitung mit der engsten Freundin. Besonders die ersten Male sind, seien wir doch ehrlich, oft recht kümmerliche Ereignisse. Warum sollte man sich da überhaupt immer wieder durchkämpfen, wenn man nicht durch die Freuden der humorvollen Aufarbeitung im Freundeskreis belohnt würde?

**2. Nervenstärke beim Leugnen**

Das A und O beim Fremdgehen ist: Alles konsequent abstreiten. Außer er kann mit eindeutigem und aussagekräftigem Filmmaterial aufwarten. Ansonsten darf man niemals irgendwas zugeben. Wieder ein unlösbares Problem für mich. Ich habe sowieso generell das Gefühl, ich hätte irgendwas angestellt. Das war schon immer so. Sehe ich nur aus der Ferne einen uniformierten Menschen, bekomme ich schon einen Gesichtsausdruck, wie ihn nur Frauen haben, die eine Viertelstunde zuvor durch ruckartiges Bremsen vor dem Schaufenster einer Gucci-Boutique, in der Schuhe um fünfzig Prozent runtergesetzt waren, eine Massenkarambolage verursacht haben. Ich sehe schuldig aus, selbst wenn ich gar nicht schuldig bin. Nicht auszudenken, wie ich aussähe, wenn ich tatsächlich was zu verheimlichen hätte!

**3. Ausgeglichenheit**

Es gibt Menschen, vorzugsweise Männer, die tun immer so, als sei nichts. Das sind die, deren Stimmungen nahezu unbeeinflussbar sind von äußeren Einwirkungen. Das sind die, mit denen man regelmäßig unergiebige Dialoge führt.

«Jetzt freu dich doch mal.»

«Ich freu mich doch.»

«Das merkt man dir aber nicht an. Gefällt dir das Rasier-Set nicht?»

«Doch, sehr.»

«Ich kann es auch umtauschen, wenn du willst.»

«Warum denn? Ich habe doch gesagt, dass es mir gefällt.»

«Und warum freust du dich dann nicht?»

Ben zum Beispiel wäre der perfekte Fremdgeher. Nichts würde ich ihm anmerken, gar nichts. Der könnte gerade von seiner Hochzeit kommen oder eine halbe Stunde zuvor die Nabelschnur seines ersten Kindes durchtrennt haben – auf mich würde er wirken, als habe er einen besonders langweiligen Tag im Büro hinter sich.

Ich bin da anders. Freude, Trauer, Wut, Angst, Glück: Jede Stimmung wird bei mir durch entsprechendes Verhalten dokumentiert. Sogar meine Haare sind ein Spiegel meiner seelischen Verfassung. Wenn es mir gut geht, sehen sie hauchdünn und fieselig aus. Wenn es mir schlecht geht, verlieren sie zusätzlich noch ihren Glanz. Es hat einfach keinen Sinn, auch nur den Versuch zu unternehmen, mich zu verstellen.

Ben sieht mir ja schon an, ob ich gut oder schlecht gegessen habe, wenn ich von einer Verabredung nach Hause komme. Und manchmal, es ist schon fast unheimlich, weiß er aufgrund meiner Stimmung, welches Video ich kurz zuvor angeschaut habe.

«Ach, Belle, ist was passiert oder hast du nur wieder ‹Magnolien aus Stahl› gesehen?»

Oder: «Na, Liebes, warum so betrübt? Du weißt doch, dass Spiderman sich gegen die Liebe entscheiden muss. Sonst könnte es ja keine Fortsetzung geben.»

Und manchmal – wenn mir langweilig ist und ich deswegen schlechte Laune habe und Benni auf die Nerven falle, weil der in Ruhe lesen möchte, ich aber alle drei Minuten Aufmerksamkeit beanspruche und rufe: «Bennniiii, guck mal, mir fällt gerade ein Arm ab!» – sagt er: «Lass mich mit deiner schlechten Laune in Ruhe. Geh ins Wohnzimmer, ‹Shrek› gucken.»

Und das mache ich, und dann geht's mir auch wieder besser. Ach ja, mein Benni kennt mich wirklich gut. Eventuell zu gut.

**4. Lust an Gefahr und an Verbotenem**

Das ist etwas, was mir völlig abgeht. Ich muss nichts Illegales tun, bloß um mich lebendig zu fühlen. Wenn ich ein Verbrechen begehe, dann grundsätzlich aus Versehen. So wie letztens, als ich erst zu Hause bemerkte, dass ich noch die Sonnenbrille trug, die ich beim Optiker ausprobiert hatte. Natürlich habe ich sie zurückgebracht – vielleicht auch dadurch motiviert, dass ich meine eigene Brille und auch noch meine Handtasche liegen gelassen hatte.

Gefahr halte ich in erster Linie für gefährlich und nicht für stimulierend. Nennt mich altmodisch, aber ich habe bis heute meinen Geschlechtsverkehr lieber im Bett als im Bordklo einer russischen Tupolev, die wegen Spritmangels auf dem vereisten Flughafen von Novosibirsk notlanden muss. Auch die Vorstellung, beim Sex erwischt zu werden, reizt mich überhaupt nicht. Ich habe es einmal unvorsichtigerweise in einem Bett gemacht, über dem ein Deckenspiegel hing. Seither weiß ich nur zu genau, wie unvorteilhaft ein weiblicher Körper in gewissen Positionen aussehen kann. Es wundert mich eigentlich, dass ich nach diesem phobischen Erlebnis überhaupt jemals wieder Sex hatte. Aber auf Zuschauer kann ich dabei wirklich verzichten.

Jemand fällt mir von hinten um den Hals und reißt mich so aus meinen erichfrommhaften Überlegungen. Es ist Sonja.

«Mädels, das ist der reine Wahnsinn!»

Sie trägt ihr Abendkleid von gestern, inzwischen arg zerknittert, ist ungeschminkt und hat einen völlig entrückten Gesichtsausdruck. Cora und ich starren sie an, und ich stelle zufrieden fest, dass Sonja nicht zu dem Typ Frau gehört, der auch ohne Make-up wie gut zurechtgemacht aussieht. Leicht ölige Mischhaut, würde ich aufgrund meiner reichhaltigen Erfahrungen diagnostizieren, wahrscheinlich mit Hang zu Mitessern und Fettglanz auf Stirn, Nase und Kinn. Natürlich freue ich mich über jeden Makel an ihr. Bin ich eine Heilige oder was?

Cora wird ungeduldig.

«Jetzt sag schon! Wie war die Nacht, was ist das für ein Typ, und wann siehst du ihn wieder?»

«Erst in Deutschland. Er macht hier mit ein paar Verwandten Urlaub. Die Nacht war super, unglaublich. Ich will ja nicht indiskret sein, aber wenn Henning bei Asterix mitspielen würde, müssten sie ihn Phallix nennen.»

Cora prustet. Ich hingegen lächele schmallippig. Mein Ben ist auch recht gut gebaut, aber es erscheint mir kleinlich, in diesem Moment darauf hinzuweisen.

«Mich hat's völlig erwischt. Ich glaube, ihn auch. Ich habe so was noch nie erlebt. Wisst ihr, was er gemacht hat, der Verrückte? Er hat mir mit Edding eine Liebeserklärung auf den Rücken geschrieben. Damit ich ihn auf keinen Fall vergesse in der langen Zeit, in der wir getrennt sind. Ist das nicht süüüß?»

Cora erhebt ihre Tasse.

«Na dann, möge Superbenni in Frieden ruhen. Wir begrüßen an dieser Stelle Henning den Großen in Sonjas Leben.»

Sonja lächelt geschmeichelt.

«Ach, sag mal, Annabel, hast du zufällig mein Handy dabei?»

Natürlich hatte ich mich auf diese Frage vorbereitet. Ich war nicht gewillt, das Telefon kampflos wieder herzugeben. Ben hatte sich noch nicht gemeldet, aber ich rechnete im Laufe des Tages mit seiner SMS. Ich musste die Erste und Einzige sein, die seine Antwort lesen würde. Ich mache eine zerknirschte Miene.

«Tut mir wahnsinnig Leid. Das Ding ist mir gestern bei der Rückfahrt aus der Tasche gerutscht. Ich habe aber den Fahrer ausfindig gemacht. Er bringt dein Handy heute Nachmittag zum Haus von Tante Gesa. Ich kann es dir dann beim Polterabend auf der Yacht wiedergeben. Ist das okay?»

«Natürlich. Henning kann mich eh nicht anrufen, weil er mit seiner Sippe segeln geht. Auf die Nachrichten von Ikmas kann ich verzichten, und Superbenni wird den Sonntagabend wohl doch mit seiner Freundin verbringen müssen. Wahrscheinlich beim ‹Tatort› vorm Fernseher. Der Arme!»

Sonja lacht, und es fehlt nicht mehr viel, und ich stürze mich auf sie und reiße ihr büschelweise die Haare aus.

Aber was für eine Schmach wäre das, über eine Frau herzufallen, weil sie mich nicht mehr hintergehen will? Weil sie nicht mehr auf meinen Mann scharf ist? Weil sie sich, auch noch unwissend, über mein kleines, seichtes Leben lustig macht, das ich so dringend wieder zurückhaben will? Nein, ich muss mich zusammenreißen, Haltung bewahren. Ich stehe das hier in Würde durch. Dazu brauche ich nur etwas Ruhe, um meine Gefühlswallungen in den Griff zu kriegen. Außerdem könnte ich auch gut etwas Selbstbestätigung vertragen. Entspannung oder Egomassage? Man muss Prioritäten setzen. Also betrete ich eine Stunde später zu allem entschlossen die «Lady Harmony». Meine Güte, ich bin eine verzweifelte Frau. Ich bin zu allem bereit!

Vielleicht hätte ich die Sauerkrautsaftdiät doch durchziehen sollen. Das denke ich so, während ich über meinen leicht gewölbten Bauch hinweg aufs Meer schaue. Leider ist er noch nicht so dick, dass er mir die freie Sicht auf meine gnubbeligen Knie versperrt. Wann wurde eigentlich beschlossen, sichtbare Bauchmuskeln seien schön? Warum hat niemand vorher mich gefragt? Früher hatten die Frauen runde weiche Bäuche, die Sinnlichkeit und Fruchtbarkeit verkörperten. Heute sollen wir uns Brettbäuche antrainieren mit so ausgeprägten Sehnen- und Muskelsträngen, dass sie mich an die hässlichen Zeichnungen aus dem Biobuch erinnern oder an Walnüsse in einem Kondom. Findet so was wirklich jemand schön? Ich fürchte, ja. Meine Muskeln sind jedenfalls sicher eingebettet und verborgen, und ich fürchte, so wird es auch bleiben. Nicht zuletzt weil Robin mir gerade ein Eis mit Sahne holt. Während er unterwegs ist, verarbeite ich diverse Enttäuschungen.

1) Dieser Strand ist zwar sehr schön, aber keineswegs einsam. Zu körperlichen Annäherungen wird es hier mit Sicherheit nicht kommen.
2) Robin hat gerade zufällig seine Bekannte Maren mit ihrem mallorquinischen Freund Joan getroffen.
3) Maren liegt jetzt ausgerechnet neben mir.
3a) Sie ist wahrscheinlich noch nicht mal volljährig und wiegt so gut wie nichts.
4) Robin ist gar kein Yachtbesitzer.

Wie ich inzwischen weiß, hat Robin die «Lady Harmony» nur von Marbella nach Puerto Andratx überführt. Der eigentliche Besitzer ist ein Juwelier aus dem Rheinland. Als Maren fragte: «Wann will der Alte sein Boot eigentlich mal wieder selber benutzen?», hoffte ich, damit sei Robins Vater gemeint. Als ich nachfragte, schlug sie sich erschrocken auf den Mund.

«Oh Scheiße, du hast ihr gesagt, das sei deine Yacht?»

Robin war empört, aber gleichzeitig verlegen.

«Habe ich nicht! Sie hat mich nie danach gefragt.»

Ja, es stimmt, dass ich ihn nie konkret gefragt habe. Aber man wird doch wohl noch davon ausgehen dürfen, dass Männer sich in der Regel nur mit Yachten fortbewegen, die ihnen auch gehören.

Robin zupfte mich am Ohrläppchen.

«Bist du jetzt enttäuscht?»

Was soll ich sagen? Du denkst, du hast den Kapitän erwischt, und dann stellt sich raus, dass es bloß ein Matrose ist. Natürlich war ich enttäuscht!

«Natürlich nicht», sagte ich.

Erleichtert gab er mir einen Klaps auf meinen Po.

«Spinnst du, der wackelt jetzt noch drei Stunden!»

Ich kann Robin einfach nicht böse sein. Und ich weiß auch, warum. Weil er mir nicht genug bedeutet. Warum sollte ich unser Zusammensein damit belasten, mich über ihn aufzuregen? Ich mag ihn nur, er ist es nicht wert. Aber er ist wirklich ein hübscher Junge. Diese langen Beine. Und so ein schmales Becken. Ben ist ja eher breit gebaut in der Hüfte, sodass ich es häufig bedauere, dass er nicht unsere Kinder bekommen kann. Er hat sich immer noch nicht gemeldet – bei Sonja, meine ich. Ringt er mit seinem

Gewissen, weil er ihr zusagen möchte? Oder weiß er nicht, wie er ihr absagen soll?

Ben ist ein Mensch, der ungern die Gefühle anderer verletzt. Es sei denn, es handelt sich um meine Gefühle.

«Sind Sie zum ersten Mal auf Malle?»

Huch, denke ich, die kann ja sprechen. Ich hatte Maren ganz vergessen. Was der wohl einfällt, mich zu siezen. Als sei ich ihre unbeschlafene Handarbeitslehrerin!

Ich richte meinen Blick konzentriert in die Ferne, um ihr anzudeuten, dass ich an einer Konversation mit einem Kind nicht interessiert bin, das weder in meiner Alters- noch in meiner Gewichtsklasse mitspielen kann. Zu gut erinnere ich mich, wie ich in ihrem Alter über Frauen in meinem Alter gedacht habe. Mit Verwunderung und Interesse beobachtete ich damals diese armen Kreaturen, Greisinnen über dreißig, die sich am Strand ihr Handtuch um die Hüften schlangen, es fallen ließen, wenn sie ins Meer gingen, und dann, egal wie schweinekackekalt das Wasser war, gaaanz schnell zumindest bis zu den Hüften darin verschwanden. Zum Glück haben gnädige Modeschöpfer zu diesem Zwecke sehr kleidsame Textilien erfunden, die Pareos heißen oder auch «Orangenhautabdecker für Frauen, die trotz ihres Alters meinen, noch an den Strand gehen zu müssen, sich aber keine ordentliche Operation leisten können».

Wie habe ich mich, ach, ich junges, unwissendes Ding, zu jener Zeit geekelt vor Männern, deren Brustbehaarung langsam weiß wurde und die deshalb aussahen, als würden sie bei lebendigem Leib verschimmeln. Wie seltsam kam mir der Anblick von Menschen vor, die sich zwar teure Autos leisten konnten, damit aber hauptsächlich zur Kosmetikerin, ins Fitness-Studio oder ins entschlackende Wellness-Wochenende unterwegs waren. Wie erschreckend war es, in den Ferien an der Ostsee Männer zu beobachten, die am Hintern aussahen wie Ilja Rogoff unter den Augen. Ich war so was nicht gewohnt, denn meine Eltern waren glücklicherweise nicht so irre modern, ständig nackig durch die Wohnung zu laufen und mich zu zwingen, sie mit Vornamen anzusprechen.

Es war die Zeit, als ich noch mit Jungs schlief, die jedes Haar, das auf ihrer Brust zu wachsen geruhte, persönlich und feierlich begrüßten. Die Zeit, als ich noch Sport aus Spaß machte und nicht, um abzunehmen. Als ich meine Cremes im Supermarkt kaufte, als meine Fersen noch nicht aussahen wie blasse Bratäpfel und ich noch niemals von der Existenz von Lippenkonturstiften gehört hatte. Als ich hoffte, vielleicht doch noch einen vaginalen Orgasmus zu erleben, und davon ausging, dass meine Brüste bestimmt noch wachsen würden.

Es war eine schöne Zeit, und sie ist lange her. Um genau zu sein: sehr lange.

«Und wo wohnen Sie hier?» Maren lässt nicht locker. Es ist doch immer wieder erstaunlich, wie sehr Menschen um Aufmerksamkeit buhlen, die eigentlich froh sein sollten, dass sie noch keiner bemerkt hat. Maren kaut mit einer Inbrunst Kaugummi, die mir freie Sicht in die Tiefen ihres Rachenraumes gewährt.

«Bei meiner Tante.»

«Und wo wohnt die?»

«Cala Llamp.»

«Das ist ja lustig. Da wohnt meine Schwester auch.»

Ich ziehe es vor, nicht mal mit einem desinteressierten

«Mmmmh» zu antworten. Solche Leute erzählen einem sonst ungebeten ihre ganze langweilige Familiengeschichte. Mein Schweigen wirkt auf Maren aber wie die dringende Aufforderung zu noch mehr Gequatsche.

«Meine Schwester ist die beste Paparazza der Insel. Sie hat auch ’nen echt geilen Künstlernamen: Laura Luchs. Luchs, von wegen Augen wie ein Luchs und so. Sie haben den Namen bestimmt schon mal gehört, oder?»

«Bedaure.»

«Sie schießt hier die ganzen Promis für die ‹Bunte› und die ‹Bild› ab. Neulich hat sie sich drei Tage lang im Tarnanzug auf dem Grundstück von Michael Douglas versteckt.»

«Auch eine Art, seine Zeit zu verbringen», sage ich geringschätzig. Aber Maren scheint ohne mein Dazutun spontane Zuneigung zu mir gefasst zu haben.

«Ja, toll, nicht? Raten Sie mal, wen sie bei ihrer Aktion abgeschossen hat!?»

«Womöglich Michael Douglas?»

«Ja, aber eben nicht alleine. Und jetzt raten Sie mal, wer mit ihm im Pool war!?»

Wiederum halte ich Schweigsamkeit für die beste Antwort.

«Seine Frau!»

«Donnerwetter. Das hat man ja selten. Was für ein Skandal.»

Für Maren ist das die Aufforderung, mir einen ermüdenden Vortrag über die Kunst der Tarnung und die Fertigkeit des Anschleichens zu halten. Sie selbst würde ihrer Schwester öfter mal im Tarnanzug assistieren, unter anderem auch deshalb, weil ihr Naturtöne so gut stünden.

Erst neulich hätten sie Dieter Bohlen über die ganze Insel verfolgt in der Annahme, die Frau auf dem Beifahrersitz sei seine neue Flamme. Mir persönlich wäre das echt nicht aufgefallen. Der Dieter, finde ich, der bleibt seinem Frauentyp ja so irre treu, dass man einige nur per genetischem Fingerabdruck voneinander unterscheiden kann.

Es ist nicht so, dass ich mich für Klatsch nicht interes-

sierte. Ich bin immer sehr aufgeregt, wenn ich glaube, in Hamburg einen Prominenten gesehen zu haben. Ich könnte zum Beispiel schwören, dass ich neulich den Markus Lanz entdeckt habe. Den kenne ich von meiner letzten Grippe.

Ich lag drei Tage lang im Bett und guckte von morgens bis abends Fernsehen. Seine Sendung mochte ich besonders gerne. Meistens handeln die Beiträge von Frauen, die sich ganz entsetzlich für irgendwas schämen, was mit ihrem Körper zu tun hat. Entweder haben sie enorme Hängebrüste, die aussehen wie Eieromeletts, bei denen beim Wenden was schief gegangen ist. Oder sie haben ganz schlimmen Reithosenspeck an den Hüften oder abnormale Hautfalten am Hals. Oder sie haben zwei giftgrüne Muttermale auf dem Rücken, die unentwegt im Kanon singen «He, ho, spann den Wagen an».

Diese Frauen schämen sich so wahnsinnig, dass sie nichts Besseres zu tun haben, als sich ihre Klamotten vom entstellten Körper zu reißen und ihre Makel im Fernsehen vor vier Millionen Zuschauern zu exponieren. Das verstehe ich einfach nicht. Ich meine, wer ist denn froh, wenn er morgens an der Käsetheke angesprochen wird: «Hey, sind Sie nicht die Frau, die sich gestern auf RTL sechs Kilo Eigenfett aus den Oberschenkeln in die Brüste hat spritzen lassen!?» Mir persönlich wäre das unangenehm.

Robin hält es für nötig, Maren vor mir zu warnen.

«Stella heißt übrigens gar nicht Stella. Aber sie erzählt sehr spannende Geschichten.»

«Wie jetzt, Geschichten?»

Maren schaut mich begriffsstutzig an, wie meine Oma Gabi, als sie bemerkte, dass ihr Gebiss ins Kaminfeuer gefallen war.

«Die Idee ist von mir. Das ist so ein altes Spiel, das ich gerne mache.»

Nun bin ich verdutzt.

«Wie jetzt, altes Spiel? Das ist ein Hobby von dir? Wie viele Stellas hattest du denn schon?»

Ich bin pikiert, das muss ich schon sagen. Irgendwie hatte ich gedacht, dass meine spektakulär kreative Ausstrahlung bei Robin diese besondere Eingebung hervorgerufen hätte. Und jetzt stellt sich heraus, dass er das oft macht. Wahrscheinlich immer dann, wenn er jemanden kennen lernt, der so aussieht, als würde er ein langweiliges Leben führen.

Aber Robin scheint sich überhaupt nicht ertappt zu fühlen. Er lacht vor sich hin und zupft mir schon wieder am Ohrläppchen.

«Du bist die einzige Stella in meinem Leben. Und ich kann dir sagen, dass sich noch niemand so viel Mühe gegeben hat, erfundene Geschichten wahr aussehen zu lassen.»

«Sie heißen gar nicht Stella?»

Maren scheint langsam zu begreifen, was sich aber nicht vorteilhaft auf ihren Gesichtsausdruck auswirkt.

«Nein, sie heißt nicht Stella, wohnt nicht in einer Villa in Cala Llamp, und ich habe keine Ahnung, was sie wirklich in den letzten Tagen gemacht hat. Mir hat sie erzählt, dass sie eine Übernachtung im ‹Mardavall› gewonnen hat und auf einer Parfüm-Party in Palma war.»

«Aber dann weißt du ja gar nicht, wer sie wirklich ist.»

Maren scheint die Faszination, die dieses Spiel haben soll, ebenso wenig zu begreifen wie ich. Zumindest ein sympathischer Zug an ihr.

«Schon richtig, aber was sie gerne wäre, sagt ebenso viel über sie aus wie das, was sie wirklich ist.»

Ich brauche einige Sekunden, um zu merken, dass dieser Satz gut klingt, aber inhaltlich einiges zu wünschen übrig lässt. Was will der Junge denn bitte schön aus meinen Träumen deuten, wenn er noch nicht mal meinen Namen kennt?

«Und was sagen deiner Meinung nach meine Geschichten über mich aus? Was haben dir die letzten Tage über mich verraten?»

Robin schaut grübelnd aufs Meer. Plötzlich finde ich es doch ganz schön schmeichelhaft, dass er sich so viele Gedanken macht. Fast tut es mir Leid, dass er sich solche Mühe mit der Interpretation meiner angeblichen Sehnsüchte gibt. Es ist ein seltsames Gefühl, wenn man sich dafür schämt, dass man nicht gelogen hat.

«Die Geschichten, die du dir ausdenkst, sind nicht völlig absurd. Theoretisch könnte das alles so passiert sein. Das spricht dafür, dass du im Grunde ziemlich zufrieden mit dir bist. Selbst wenn du die Möglichkeit hättest, würdest du nicht dein ganzes Leben auf den Kopf stellen. Wenn ich dich frage, ob du morgen mit mir vier Wochen an die Algarve kommst, würdest du ablehnen, fürchte ich. Es geht dir nicht schlecht, du hast keinen Leidensdruck. Du willst ein bisschen was erleben, aber nicht zu viel. Du erfindest eine reiche Tante, du machst dich nicht selber reich. Du gewinnst eine Nacht im Luxushotel, du könntest auch behaupten, es würde dir gehören. Du willst angeblich herausfinden, ob du noch mit deinem Freund zusammenbleiben willst, du könntest dich auch zur begehrten Single-Frau oder zur Geliebten von Heino Ferch machen. Nein, dein Leben muss ziemlich in Ordnung sein. Habe ich Recht?»

Oh. Ich weiß nicht. Hat er Recht? Nun, vielleicht. Vielleicht war mein Leben ziemlich in Ordnung, bevor ich hierher kam. Das hatte ich nur blöderweise nicht bemerkt, und ich bin sehr geneigt, dem Herrn Frisch zumindest eine Mitschuld zu geben. Wenn man so beunruhigende Sachen schreibt, sollte man dafür sorgen, dass sie nicht in falsche Hände geraten.

«Ihr seid ein Paar, jederzeit frei, aber ein Paar. Da ist nicht viel zu machen.»

Wenn du unvermittelt so was liest, dann ist doch klar, dass du mit der eigenen Beziehung schlagartig nicht mehr zufrieden bist. Nein, das ist nicht korrekt formuliert. Es ist vielmehr so, dass du plötzlich Zufriedenheit für einen Makel hältst, für ein Zeichen von Erschlaffung. Und mit einem Mal erscheint es dir, als wabere ein Geruch von Verwesung durch euer Schlafzimmer, bloß weil dort weniger als zweikommadreimal die Woche Sex stattfindet. Du denkst, eure Liebe sei schimmelig geworden, weil du ihm nicht mehr die Hemden vom Leib reißt, sondern die Knöpfe annähst. Du glaubst, dass es schlecht ist, aneinander gewöhnt zu sein, weil die Leidenschaft dabei auf der Strecke bleibt, das unaufschiebbare Begehren, der besinnungslose Sex auf irgendeiner Restauranttoilette. Den du, wenn du dich mal korrekt erinnern magst, nie hattest. Du konntest dir bloß früher vorstellen, ihn zu haben – mit dem Mann, den du jetzt liebst.

Der Frisch hatte mich völlig auf dem falschen Fuß erwischt. Und ich finde, auf solchen gefährlichen Büchern sollten ähnliche Warnungen stehen wie auf Zigarettenpackungen:

«Das Ministerium für auf Dauer angelegte Beziehungen warnt: Nach dem Konsum dieses Buches wird Ihnen Ihre Partnerschaft langweilig vorkommen. Warten Sie auf jeden Fall drei volle Tage ab, bevor Sie daraus irgendwelche Konsequenzen ziehen. Besonders von spontanem Fremdgehen und unüberlegten Kurzurlauben wird dringend abgeraten.»

In meiner Tasche pupst Sonjas Handy. Ich schaue aufs Display. Bens Nummer ist es nicht. Maren räkelt ihr Körperchen.

«Warum gehen Sie nicht ran?»

«Weil dieses Handy der Frau gehört, die vor zwei Tagen meinen Freund geküsst hat. Und jetzt warte ich darauf, dass mein Freund ihr eine SMS schickt. Und wenn er bereit ist, sich am Sonntag mit ihr zu treffen, habe ich wirklich ein großes Problem, weil ich dann nämlich keinen Freund mehr habe. Und das, obwohl sie sich gar nicht mehr mit ihm treffen will, weil sie gestern ihre große Liebe gefunden hat.»

«Ach, hören Sie auf, jetzt spinnen Sie aber wirklich.»

Maren ist jetzt von mir gelangweilt und schweigt erfreulicherweise einige Minuten, sodass ich gerührt einen kleinen Jungen beobachten kann, der mit einer Pump-

Gun bewaffnet ist. Früher hieß so was einfach nur Wasserpistole, heute: Super-Soaker XP310. Ich kenne das Modell von zu Hause. Ben hat sich so ein Teil vor zwei Monaten gekauft, um die Tauben vom Balkon gegenüber zu verscheuchen. Die fingen nämlich um fünf Uhr morgens an zu gurren. Wir bewarfen sie erst mit Möhrenstückchen, was aber nicht sehr effektiv war. Im Gegenteil, wir hatten das Gefühl, dass die Taubenmafia noch etlichen

zwielichtigen Freunden gesagt hatte, dass es da in Hamburg-Eimsbüttel einen Balkon gibt, wo man umsonst frische Möhren kriegt.

Aber mit dem Super-Soaker hatte Benedikt Cramer-Wayne heldenhaft unter den Tauben aufgeräumt. Es war ein großer Anblick, wie er im Morgengrauen mit Boxershorts, Brille und einem orange-grün-gelben Plastikgewehr auf den Balkon schlich und den Feind mit drei, vier Volltreffern unter Wasser setzte. Ich war stolz, das muss ich sagen. Die Tauben gaben ihr Hauptquartier unverzüglich auf und verlegten es auf den Balkon über uns, wo sie vor Möhren und Wasser sicher, allerdings immer noch sehr gut zu hören waren.

«Caramba, buenas tardes hasta luego un agua con gas por favor, olé.»

So oder ähnlich klingt es in meinen Ohren, als plötzlich der bisher so erfreulich schweigsame Spanier namens Juan zu sprechen beginnt. Seine außergewöhnliche Brustbehaarung ist das Einzige, was mir bisher an ihm aufgefallen ist. Sie verteilt sich in einzelnen Büscheln über seinen Oberkörper wie Maulwurfshügel über eine Wiese. Aus manchen dieser Büschel wachsen auch noch einzelne Haare heraus von einer Länge, wie man sie ansonsten nur mit Winnetous großer Liebe Ribanna in Verbindung bringt. Ich schaue Maren fragend an, weil ich keine Ahnung habe, was der Eingeborene gesagt hat.

«Ich glaube, der Horst will jetzt abhauen.»

«Wieso Horst? Ich dachte dein Freund heißt Juan?»

«Heißt er ja auch. Aber weil hier jeder Zweite Juan heißt, nenne ich ihn lieber Horst.»

«Verstehst du denn, was er sagt?»

«Nur ein paar Brocken. Macht aber nix. Wir sind jetzt seit zwei Jahren zusammen und verstehen uns echt gut. Ich finde, Kommunikation wird total überschätzt. Probleme, über die man nicht reden kann, hat man auch nicht. So, wir müssen los. Schönen Tag noch.»

Als Horst wieder Laute von sich gibt, sage ich höflich «Adios, Juan.» Und er strahlt mich an, als hätte ich ihm einen Preis für die schönste Brustbehaarung Spaniens verliehen.

Dieses seltsame Paar stimmt mich nachdenklich. Kommunikation ist ja in der Tat der Risikofaktor Nummer eins in Beziehungen. Wahrscheinlich würden die Geschlechter friedlicher miteinander leben, wenn Paare gar nicht miteinander reden. Eine reizvolle Idee, andererseits ist es ja nun wirklich nicht meine Art, länger als, sagen wir, zwei, drei Minuten am Stück nichts zu sagen.

Das erinnert mich an einen gehässigen Witz, den mal mein Ex-Mitbewohner Guido gemacht hat. Ich war einundzwanzig, saß mit Freundinnen in der Gemeinschafts-

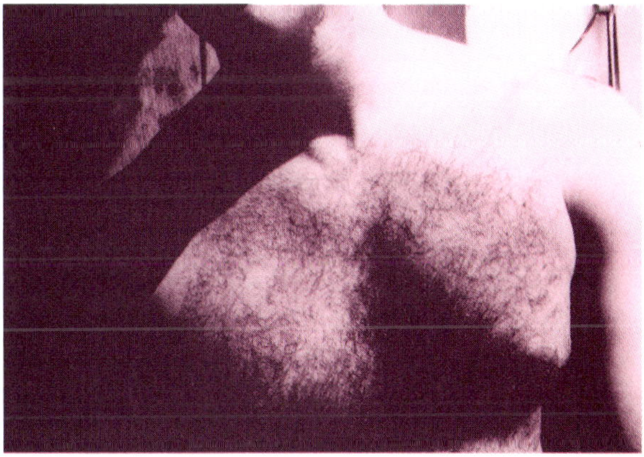

küche, und wir wollten unbedingt mal demonstrieren. Der Weltfrauentag kam uns da gerade recht. Mona, schon damals meine beste Freundin, fragte: «Was meint ihr, wie können wir am besten auf uns aufmerksam machen?» Ungebeten meldete sich Guido zu Wort: «Wie wär's mit einem Schweigemarsch?»

Am liebsten würde ich jetzt meine Gartenmöbel streichen. Oder meinem Hund das Fell bürsten. Oder meinen Kamin anzünden. Meditative Tätigkeiten, die die Seele ins Gleichgewicht und den Puls auf Normalfrequenz bringen. Aber ich habe keinen Garten, keinen Hund und keinen Kamin. Und selbst wenn, es würde mir nichts nützen, weil ich mich auf einer Yacht befinde. Ich kann mir hier nicht mal die Nägel lackieren, um meine Nerven zu beruhigen. Ich kann nur meinem eiligen Herzschlag lauschen und horchen, ob das Handy klingelt, das in ein Handtuch gewickelt unter meinem Kopf liegt.

Während Robin die «Lady Harmony» aus der Bucht raussteuert, frage ich mich, ob ich mich auf den Bauch oder den Rücken legen soll. Von welcher Seite sehe ich erotischer aus? Wie bei so vielen wesentlichen Fragen des Lebens gibt es auch hier keine eindeutige Antwort. Lege ich mich auf den Bauch, ist der zwar verdeckt, was nie schaden kann, aber dafür liegen dann die Rückseiten meiner Oberschenkel und meine Schrumpelfersen frei, ein Anblick, der der Schaffung einer sexuell aufgeladenen Atmosphäre nicht eben zuträglich ist. Drehe ich mich auf den Rücken, verdecke ich dadurch meinen ausladenden, aber wie ich finde dennoch ansehnlichen Po, lege aber gleichzeitig den Busen frei, immerhin, und zwar unabhängig von der Größe, eines der primären weiblichen Geschlechtsmerkmale. Schön wäre, wenn ich Brüste und Po auf einer Körperseite hätte und Fersen, Bauch, Kniekehlen und Oberschenkel auf der anderen. Was mich zu der Frage bringt, auf welcher Seite ich dann am liebsten das Gesicht tragen würde. Auf der erotischen? Ist mein Gesicht denn sexy?

«Soll ich dir den Rücken eincremen?»

Damit hat Robin meine Frage beantwortet.

Ich finde es sehr intim, wenn mir jemand den Rücken eincremt. Ich würde niemals einen Fremden darum bitten. Es ist so eine feine Mischung aus Zweck und Zärtlichkeit. Auch eine erotische Geste, aber das nur ganz zu Anfang, wenn man sich noch nicht gut kennt. So wie Robin und ich. Wenn Ben mir den Rücken eincremt, dann aus Sorge um mein Wohlergehen. Er braucht ja keinen Vorwand mehr für Berührungen. Was eigentlich schade ist, aber nicht zu ändern, wenn man sich seit langem liebt. Da fasst man sich einfach an, wenn einem danach ist. Da fragt man nicht mehr: «Soll ich dir den Rücken eincremen?», und meint eigentlich: «Darf ich beginnen, dich zu berühren?»

Am Anfang ist jeder Körperkontakt eine Sensation. Daher kann so etwas nicht dem Zufall überlassen bleiben. Aus diesem Grund friert jede Frau bei ihrer ersten Verabredung. Nicht weil ihr kalt ist, sondern weil sie ihm die Gelegenheit geben will, ihr sein Sakko um die Schultern zu legen und sie dabei wie zufällig zu berühren. Deswegen raucht sie besonders viel. Natürlich auch, weil sie nervös ist, aber vor allem, weil sie es liebt, ihre Hand über seine Hand zu legen, wenn er ihr Feuer gibt. Es ist rührend, solche Rituale zu beobachten. Wenn im Restaurant ein frisch verliebtes Paar neben mir sitzt, erinnere ich mich wieder daran, wie es war. Wie ich auch gefroren habe – und ich musste nicht einmal so tun, denn es war Februar, als ich zum ersten Mal mit Benedikt Cramer ausging.

Neben ihm im Auto hatte ich schon das Gefühl, dass wir uns all das sparen können, was Menschen üblicherweise tun, wenn sie herausfinden wollen, ob sie zueinander passen. All die Spiele, die sie spielen, teils aus wirklicher Unsicherheit, teils aus vorgetäuschter Unsicherheit. Ich war mir sicher. Ich brauchte Benedikt Cramer nicht zu kennen, um zu wissen, dass ich ihn liebte.

Beim Italiener an der Alster musste ich mich ständig zusammenreißen, ihm nicht über die Wange zu streichen oder sein Gesicht in beide Hände zu nehmen. Es fiel mir schwer, auf jene Gesten und Berührungen zu verzichten, die Paaren vorbehalten sind, die einander vertraut sind. Aber ich wusste, dass die Spielregeln eine langsame Annäherung vorschreiben.

Wir redeten, lachten, und beinahe hätte ich meinen Kopf an seine Schulter gelegt, als wir darauf warteten, dass der Kellner uns die Rechnung bringt. Ben und ich sind noch in dieser Nacht ein Paar geworden. Nicht, weil wir Sex auf meinem Wohnzimmerteppich hatten. Den hatten wir, aber ein Paar wurden wir schon, als Ben auf dem Nachhauseweg den Arm um mich legte. Da war alles gut. Wir passten zueinander wie …?

Es gab doch mal diese sechsfarbigen Zauberwürfel. Man musste sie so lange drehen, bis jede Seite eine Farbe hat. Stundenlang habe ich gedreht und gedreht und es nur ein einziges Mal geschafft. Ich erinnere mich noch genau an dieses leise, satte Geräusch beim Drehen der Würfelseiten. Als Benedikt Cramer den Arm um mich legte, fühlte ich mich wie in dem Moment, als mein Würfel sechs perfekte einfarbige Seiten hatte. Es war ein Zauber.

Robin gibt sich viel Mühe, mir auf erotischste Weise den Rücken einzucremen. Ich sollte wirklich versuchen, mich total auf das Hier und Jetzt zu konzentrieren. Zum Beispiel darauf, warum Sonjas Handy schon seit einer Stunde kein einziges verdammtes Pupsen mehr von sich gegeben hat.

Robin hat meinen verstohlenen Blick auf das Telefon bemerkt.

«Wir sind zu weit vom Ufer weg, da hast du keinen Empfang. Herrlich, oder? Endlich keine Anrufe mehr und keine SMS. Ich dachte schon, wir würden nie ungestört sein.»

Robin legt sich ganz nah neben mich. Im Grunde liegt er schon fast auf mir.

Aber für mich ist an Entspannung oder gar sexuelle Erregung überhaupt nicht zu denken. Ich muss aus diesem Funkloch raus! Egal wie. Sonst wird es mit Robin zum Äußersten kommen. Er müht sich schon am Verschluss meines Bikinioberteils ab.

«Da braucht man wohl einen Zahlencode, um den aufzukriegen.»

Natürlich wäre es völlig in Ordnung, mit Robin zu schlafen. Egal, wie man die Sachlage betrachtet. Mein Freund hat mit einer anderen rumgeknutscht und will sich womöglich am Sonntag mit ihr treffen, wo es dann unweigerlich zum Äußersten käme. Das heißt, wenn sie noch bereit wäre, ihn zu treffen. Er würde mich also betrügen, wenn er könnte. Jetzt wäre die Gelegenheit, sich einen uneinholbaren Vorsprung zu verschaffen. Wobei es mit größter Wahrscheinlichkeit eine kleinliche und verzweifelte Form des Geschlechtsverkehrs werden würde. Genau genommen die Form, die ich unter Freundinnen gerne als «pechvögeln» oder «notnageln» bezeichne.

Es kann auch sein, dass Ben rumgeknutscht hat, aber nicht bereit ist, weiter zu gehen und sich am Sonntag mit Sonja zu treffen. Das wäre natürlich eine schöne Sache. Ich könnte lustvoll und selbstbewusst mit Robin zur Tat schreiten und nachher behaupten, dass ich mich ja schon quasi von Ben verlassen gefühlt hatte. Ich bräuchte also kein schlechtes Gewissen zu haben. Na ja, höchstens mir selbst gegenüber, weil außer mir ja niemand wüsste, dass ich Bens Nachricht abgefangen habe. So wäre es mir am liebsten.

Was aber gar nicht in Frage kommt, ist, dass es auf der «Lady Harmony» zu einem Geschlechtsakt kommt, bei dem ich überhaupt nicht weiß, wie ich mich dabei fühlen soll: verzweifelt oder erleichtert? Habe ich gewonnen oder verloren? Bin ich eine gedemütigte Frau, die in den Armen eines jugendlichen Liebhabers kurzzeitiges Vergessen sucht? Oder bin ich eine allseits begehrte Frau, die in den Armen ihres jugendlichen Liebhabers Abwechslung sucht, um am Sonntagabend festzustellen, dass es nichts Besseres auf der Welt gibt, als mit dem, den man liebt, Spaghetti Arrabiata mit gestohlenem Parmesan zu essen und ihm nachher auf dem Sofa beim «Tatort»-Finale den Nacken zu kraulen, bis er brummt?

In jedem Fall muss ich einschreiten, bevor meine wenigen Hüllen fallen. Auch wenn es bedeutet, dass ich Robin die Wahrheit sage. Ihm sage, dass ich die ganze Zeit die Wahrheit gesagt habe.

«Du, Robin?»

«Warte, ich hab's gleich.»

«Äh, nein, ich muss mit dir reden.»

«Ist schon klar, ich hab Kondome dabei.»

«Es ist was anderes.»

«Was denn noch?» Robin fummelt weiter, und es steht zu befürchten, dass er das Geheimnis meines Bikiniverschlusses jeden Moment lüftet.

Ich setze mich auf und fahre mir mit entschlossener Geste durch meinen neuen Haarschnitt. Ich bin noch etwas gekränkt, obschon nicht wirklich verwundert, dass Robin sich weder über meine neue Frisur geäußert hat noch über meine neuen Füße oder meine kaviarverwöhnte Haut. Was ihm hingegen leider sofort auffiel, waren die unzähligen Mückenstiche auf nahezu jedem mit Haut überzogenen Teil meines Körpers. Das ist, glaube ich, unter anderem ein Grund, warum Ben so gerne mit mir zusammen in Urlaub fährt: Wo ich bin, wird im Umkreis von zehn Kilometern kein anderer von Mücken belästigt. Ich habe alles versucht: Mich so ausgiebig mit hochgiftigen Chemikalien eingesprüht, dass man mich als Sondermüll hätte entsorgen müssen. Ich habe mir ein Moskitonetz im Survival-Laden gekauft – was zur Folge hatte, dass ich mich in der Dunkelheit auf geradezu lebensbedrohliche Weise in diesem Ding verfangen habe. Benni musste mich befreien, und ich war erst nach mehreren Gläsern Tokayer – wir befanden uns am Plattensee in Ungarn – wieder nervlich in der Lage, mich zu Bett zu begeben. Am nächsten Morgen sah ich aus wie ein Streuselbrötchen, wie es Schulkinder am liebsten mögen: wenig Brötchen, viele Streusel.

«Robin, das mag jetzt ein etwas unpassender Zeitpunkt sein …»

Ich blicke verstört auf die deutlich sichtbare Beule in seiner Badehose. Dass diese neumodischen Dinger aber auch immer so körpernah geschnitten sein müssen. Früher trugen Männer Shorts. Drinnen konnte die Hölle los sein, ohne dass man draußen etwas davon mitbekam. Fast scheint mir, als sei diese Erektion wie ein drohender Zeigefinger auf mich gerichtet. Keine angenehme Lage, in der ich mich befinde, und ich denke, dass dieses Schiff seinen Namen «Lady Harmony» noch niemals weniger verdient hat als in diesem Moment.

«Es ist nur so, dass ich, nun ja, weißt du, ich muss einfach dringend aus diesem Funkloch raus.»

Robin schaut mich völlig verblüfft an.

«Weißt du, ich mag ja deine Geschichten, aber findest

du nicht, dass du jetzt etwas übertreibst? Wenn du nicht mit mir schlafen willst, dann kannst du mir das auch anders sagen.»

Na, bravo, jetzt ist er beleidigt. Ich sag's ja immer: Mit Männern, die eine Erektion haben, ist nicht zu spaßen. Die nehmen immer alles gleich persönlich.

«Nein, darum geht es nicht. Es ist bloß so, dass ich dir die ganze Zeit die Wahrheit gesagt habe. Und dieses Handy gehört tatsächlich der Frau, die meinen Freund geküsst hat und ihn nun nicht mehr will. Und jetzt warte ich auf seine SMS.»

«Du hast mir die ganze Zeit die Wahrheit gesagt? Warum denn?» Robin schaut mich mit Ärger und Verwunderung an. Der Vollständigkeit halber sei noch kurz erwähnt, dass sich jetzt kein Zeigefinger mehr auf mich richtet.

«Ich wollte, dass du mich richtig kennen lernst. Und ich bin nicht gut im Lügen, weißt du. Also habe ich einfach so getan, als sei die Wahrheit erfunden. Und außerdem finde ich mein Leben nicht so langweilig, dass ich mir unbedingt ein neues ausdenken muss.»

Die Stille, die sich daraufhin breit macht, gehört eindeutig nicht zu jener Sorte Stille, die man genießen und als schweigsames Einverständnis interpretieren kann.

«Du wohnst also wirklich bei deiner Tante in Cala Llamp? Und du hast eine Nacht im ‹Mardavall› gewonnen und dort die Frau kennen gelernt, die sich in deinen Freund verliebt hat, von dem du gar nicht mehr sicher bist, ob du noch mit ihm zusammenbleiben willst?»

«Ja, das heißt, nein. Ich bin mir mittlerweile wieder sicher, dass ich mit ihm zusammenbleiben möchte. Falls er mich überhaupt noch will. Und das kann ich nur herausfinden, wenn du mich aus diesem Funkloch rausbringst.»

«Und welche Rolle spiele ich in dieser ganzen Geschichte, wenn ich fragen darf?»

Uiuiui. Jetzt heißt es sensibel und glaubwürdig sein.

«Eine tragende. Ich war mindestens zwei volle Tage lang verliebt in dich. Und wenn ich nicht, na, du weißt schon, dann würde ich sofort mit dir an die Algarve kommen. Ehrlich.»

Und weil das überhaupt nicht gelogen ist, sehe ich hoffentlich auch so aus, als sei das überhaupt nicht gelogen. Bei mir weiß man ja leider nie. Ich bete, dass Robin jetzt nicht wirklich böse wird. Keine Ahnung, wozu junge Männer fähig sind, wenn sie sich in ihrer Ehre gekränkt fühlen. Ich sehe schon die Schlagzeile im «Mallorca-Magazin»:

«MATUSCHKE-ENKELIN AUF ‹LADY HARMONY› ZERSTÜCKELT UND AN FISCHE VERFÜTTERT. NUR IHRE FÜSSE WOLLTE KEINER HABEN.»

Robin sieht so verwirrt aus, dass er kurzfristig mütterliche Gefühle in mir hervorruft. Aber ich kann mich gerade noch zurückhalten, ihm wie eine italienische Mama in die Wange zu kneifen und zu sagen: «Mach dir nichts draus, mein Junge, auch andere Mütter haben schöne Töchter.»

«Jetzt müssen wir die Sache wohl zu einem guten Ende bringen, was? Ich bring uns erst mal aus dem Funkloch raus. Heute beim Polterabend werde ich ja die ominöse Frau kennen lernen, die deinen Freund geknutscht hat. Und morgen nimmst du mich gefälligst mit zu deinem Fest. Ich will auf keinen Fall verpassen, wie's weitergeht zwischen dir und der Frau, die deinen Mann nicht mehr will. Wenn ich hier schon der Loser bin, will ich wenigstens bis zum Ende dabei sein. Und wenn du Lust hast, machen wir morgen noch eine Abschiedstour mit der ‹Lady›, bevor wir zu deiner großen Abschiedsvorstellung fahren.»

«Sehr gern. Danke. Und du bist nicht der Loser in dieser Geschichte, der bin nämlich ich.»

Ich gebe ihm einen Kuss auf den Mund. Ohne Zunge, versteht sich. Weil diese Zeiten sind ja jetzt vorbei.

Schade eigentlich.

## «Warum immer ich?»

Die gute Nachricht ist: Mein Koffer ist wieder da. Er steht neben meinem Bett und strahlt etwas ungeheuer Beruhigendes aus. Ich öffne ihn und hole ganz langsam ein Kleidungsstück nach dem anderen heraus. Jede Unterhose begrüße ich wie eine alte Schulfreundin, die ich seit der Abi-Party nicht mehr gesehen habe. Mein sommerliches Abendkleid hänge ich liebevoll auf einen Bügel. Es soll noch ein wenig auslüften, bevor ich es wieder einpacken muss. Wenn Robin mich nachher zu unserer Abschiedstour mit der «Harmony» abholt, will ich meine Klamotten für die Party heute Abend schon mitnehmen.

Es tut gut, meine eigenen Sachen zu berühren, vertraute Dinge zu sehen. Ich lege «Mein Name sei Gantenbein» auf meinen Nachttisch. Fast scheint es mir, ich sei ein anderer Mensch gewesen, als ich das Buch einpackte. Wild entschlossen, etwas zu erleben. Und jetzt hatte ich mehr erlebt, als mir lieb war. Ich hatte die Vertrautheit, die Gewohnheit hinter mir gelassen. Habe ich einen Fehler gemacht? An manche Orte muss man reisen, bloß um festzustellen, dass sie nicht so schön sind, wie man sie sich vorgestellt hat. Heute feiere ich Abschied. Wovon? Ich schaue aufs Meer hinaus. Das werde ich vermissen: hinausschauen und denken, alles ist möglich.

Ein Waverunner braust am Horizont entlang. Glaube ich zumindest. Meine Kontaktlinsen sind mir gestern bei meiner Flucht verloren gegangen. Auch noch die guten in Royalblau. Macht nichts. Ich brauche ja niemanden mehr zu beeindrucken. Es ist Zeit für farblose Linsen. Auf der Terrasse unter meinem Fenster sitzen Gesa, Cora und Sonja. Ab und zu ist ein Satz zu verstehen, und manchmal dringt ein Schluchzen zu mir nach oben.

«Kinder, ihr habt genau das Richtige getan!»

Das ist Gesa. Und sie hat Recht: Wir haben genau das Richtige getan. Eine große, dramatische Szene zum richtigen Zeitpunkt.

Es war schrecklich.

Es war tragisch.

Es war unvergesslich.

Es war großartig!!!

Robin hatte uns um kurz vor acht im Hafen von Andratx abgeholt. Ich empfand so etwas wie Besitzerstolz, als ich Sonja und Cora auf der «Harmony» herumführte. Die

Yacht war mit Lampions geschmückt, an Deck war ein riesiges Büfett aufgebaut, und drei Kellner waren angeheuert worden, um die Gäste zu bedienen. Ich machte die beiden selbstverständlich auch auf Robins Oberschenkelmuskulatur aufmerksam. Obschon ich mich so selbstlos gegen ihn entschieden hatte, wollte ich doch damit angeben, was ich hätte haben können.

Sonja, fand ich, reagierte kleinlich.

«Er ist süß. Aber findest du ihn nicht etwas zu jung?»

«Zu jung wofür?», fragte ich schnippisch zurück. «Und außerdem ist er geistig schon sehr reif.» Ich betete, dass die beiden nicht die Gelegenheit haben würden, mich dieser Lüge zu überführen.

«Mir wäre das peinlich, mit so einem ins Bett zu gehen», sagte Cora. «Da käme ich mir vor wie eine Dörrpflaume und würde ständig nur darauf achten, wenigstens die allerschlimmsten Körperteile vor ihm zu verbergen.»

Ich nickte verständnisvoll. Schon vor Jahren hatte ich mir versprochen: Sex mit Gleichaltrigen und Jüngeren nur noch nachts und ohne Beleuchtung. Benni ist sechs Jahre älter als ich, und ich begrüße jede Alterserscheinung an ihm mit großem Hallo. Er glaubt, ich würde mich über ihn lustig machen, wenn ich zärtlich die Runzeln unter seinen Pobacken zähle. Dabei liebe ich ihn mit jeder neuen Falte mehr: Je älter er aussieht, desto jünger wirke ich neben ihm.

Sonja fragte Robin nach dem Bräutigam.

«Es ist einer der Söhne des Yachtbesitzers aus zweiter oder dritter Ehe. Wir holen die ganze Mischpoke jetzt in Portals Nous ab und schippern sie rum, bis sie betrunken sind. Und das war's dann.»

Eine halbe Stunde später gingen Sonja, Cora und ich unter Deck, verglichen unsere Lippenstifte, tauschten Erfahrungen mit Wimperntusche, Chat-Rooms und Männerpos aus und lauschten, was über uns vor sich ging. Wir wollten uns erst später unter die Gäste mischen. Schließlich waren wir nicht eingeladen und wollten die Hochzeitsgesellschaft erst mal anstoßen lassen, bevor wir aus dem Untergrund auftauchten.

Sonja legte silbernen Lidschatten auf.

«Ich möchte auch heiraten. Ich finde, heiraten ist wie einen Parkplatz direkt vorm Haus zu bekommen. Wenn man den einmal hat, sollte man so schnell nicht wieder wegfahren. Oder, Cora, was sagst du dazu? Du bist doch hier die Fachfrau.»

«So albern das ist, aber es hat was sehr Beruhigendes, verheiratet zu sein. Klar weiß man, dass jede zweite Ehe scheitert, aber natürlich denkt man, dass es einen selbst nicht trifft. Und ehrlich gesagt finde ich es immer noch besser, geschieden zu sein als unverheiratet. Sorry, wenn ich das so sage, aber meiner Ansicht nach sollte jede Frau mit vierzig mindestens einmal verheiratet gewesen sein.»

Ben und ich hatten nie übers Heiraten gesprochen. Äh, nein, das ist nicht ganz korrekt. Ben und ich hatten genau einmal übers Heiraten gesprochen. Eine Konversation, die ich bis heute zu verdrängen versuche.

«Und, Annabel, hat dein Liebster schon mal Anstalten gemacht, dich vor den Traualtar zu zerren?»

«Nö. Wisst ihr was, ich schleich mich mal nach oben und frage Robin, wann wir uns sehen lassen dürfen.»

Das Thema behagte mir nicht. Mit einer frisch Verheirateten und einer frisch Verliebten über die Vorteile der

Ehe zu diskutieren, das erschien mir als wahrscheinlich frisch Verlassene doch zu schmerzlich. Das ist ja, als turne man mit Cindy Crawford persönlich das Cindy Crawford-Fitnessvideo. So masochistisch bin ich nicht.

Ich lugte aufs Deck. Etwa dreißig Leute standen da und plünderten das Büffet.

«Na, seid ihr bereit da unten?»

Robin hatte mich entdeckt.

«Ihr könnt jetzt hochkommen.»

«Zeig mir doch mal, wer von denen das Brautpaar ist.»

«Die da in Rosa ist die Braut. Der Bräutigam steht links neben ihr.»

«Okay, verstehe. Ich gehe dann mal runter und kläre, ob wir überhaupt an Deck kommen.»

«Was ist denn jetzt schon wieder?»

«Erklär ich dir später.»

Ich atmete tief durch. Gleich würde es hier drunter und drüber gehen.

«Bist du dir auch wirklich sicher?» Cora fragte mich das jetzt schon zum vierten Mal.

«Tut mir Leid, ganz sicher.»

«Das kann doch einfach nicht wahr sein!

Sonjas Wimperntusche hatte sich komplett verabschiedet. Sie tat mir wirklich Leid – ehrlich! Und ich war stinksauer. Schließlich war hier nicht nur Sonjas Würde in den Schmutz gestoßen worden. Nein, hier hatte man alle Frauen kollektiv mit Füßen getreten!

«Hör jetzt auf zu heulen!»

Ich meinte es nicht so hart. Ich wollte nur, dass Sonja wütend wurde, statt sich zu bedauern.

«Lass uns überlegen, was wir jetzt tun.»

«Was wir tun? Ich bleibe hier unten sitzen, bis dieser beschissene Polterabend vorbei ist, und dann haue ich ab.»

Jetzt mischte sich Cora ein.

«Spinnst du? Das kommt überhaupt nicht in Frage. Du versteckst dich hier nicht länger. Wir gehen da jetzt sofort raus!»

«Und dann?»

Nach einigen Cuba Libre stand unser Plan. Cora war für das Fluchtfahrzeug zuständig. Ich kannte mich an Bord aus und würde Sonja begleiten. Ich fühlte mich wie in «Drei Engel für Charlie», als wir die Uhren vergleichen wollten. Nur Cora trug eine, aber manchmal zählt auch die Geste.

«Cora, du gehst vor und machst das Schlauchboot klar. Wir kommen nach, wenn die Mission erledigt ist.»

Ich versuchte, in etwa den Tonfall meiner Grundschullehrerin zu treffen, wenn sie der Klasse die Hausaufgaben auftrug: ruhig, sachlich und keine Widerrede duldend.

Ein paar Minuten später schob ich Sonja die Treppe hoch.

«Du schaffst das. Sei böse. Du hast allen Grund dazu. Du machst da oben jetzt eine Szene, die keiner von denen jemals vergisst. Versprich mir das, hörst du?»

Sonja nickte, atmete tief durch und trat auf das wunderschön beleuchtete Deck hinaus, das sich wie eine Bühne vor ihr ausbreitete. Sie sah beeindruckend aus, wie sie da mit langen Schritten direkt auf ihn zuging. Bei so einem Auftritt kommt einem eine ansehnliche Körpergröße gepaart mit erheblichem Untergewicht und langen, wehenden Haaren natürlich sehr zu Gute.

Ich hielt mich im Hintergrund. Cora hatte das Schlauchboot bereits in Position gebracht. Hoffentlich würde es ihr gelingen, den Motor rechtzeitig zu starten. Nichts ist peinlicher, als wenn man einen fulminanten Abgang plant und dann im Schneckentempo davonpaddeln muss.

Ich hatte Herzrasen. Hoffentlich würde Sonja ihre Sache gut machen. Sie stand jetzt direkt vor ihm und sprach so laut, dass alle Gespräche verstummten.

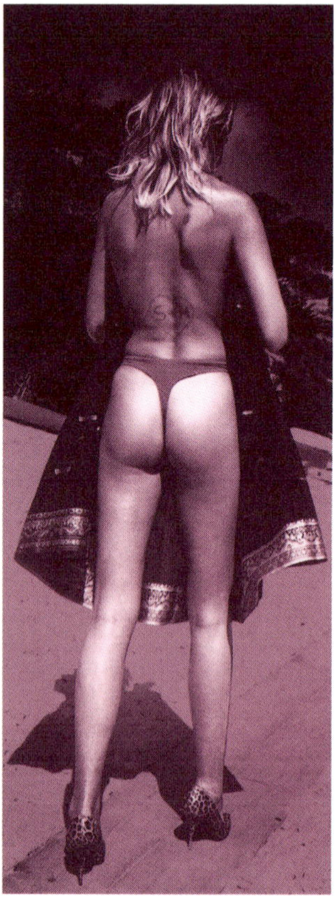

«Hallo, mein Schatz.»

Henning starrte sie an. Es war deutlich zu sehen, dass er in nächster Zeit keinen einzigen Ton hervorbringen würde. Seine Braut stand neben ihm und sah auch einigermaßen erstaunt aus.

«Ich möchte nicht versäumen, dir zur Hochzeit zu gratulieren. Gestern Nacht bin ich irgendwie nicht dazu gekommen. Ich war wohl zu beschäftigt, einen Orgasmus vorzutäuschen.»

Sonja schüttete Henning ihren Cuba Libre ins Gesicht, warf ihm das Glas vor die Füße, zog sich mit einer sehr gekonnten Bewegung ihr Kleid über den Kopf und sagte zur Braut:

«Ich denke, die Schrift wird Ihnen bekannt vorkommen. Es tut mir Leid, aber Sie sollten sich die Sache vielleicht nochmal überlegen.»

Sonja drehte sich um und schritt sehr langsam, nur mit hohen Schuhen und einem pinken Tanga bekleidet, Richtung Schlauchboot. Alle starrten auf ihren Rücken. Umrahmt von einem großen Herzen stand da:

Tante Gesa tätschelte der schniefenden Sonja die Hand.

«Das haben Sie großartig gemacht, wirklich ganz großartig. Daran werden Sie noch in vielen Jahren voller Stolz zurückdenken.»

«Meinen Sie? Aber ich habe eine Ehe ruiniert, bevor sie geschlossen wurde. Das gehört sich irgendwie nicht, oder?»

«Ach, Kindchen, wer sagt denn, dass die beiden heute nicht trotzdem heiraten? Da machen Sie sich mal besser kein schlechtes Gewissen. Ich würde das an Stelle der Braut nicht so eng sehen.»

Jetzt musste ich allerdings das Wort ergreifen.

«Was soll man daran bitte schön nicht so eng sehen können? Dieser Typ hat seine Frau zwei Nächte vor der Hochzeit betrogen!»

«Das ist doch der verständlichste Zeitpunkt zum Fremdgehen. Er ist in Panik, weil er in zwei Tagen verheiratet sein wird. Er hat Angst, ob die Entscheidung richtig war. Das ist normal. Und außerdem weiß er, dass er noch keinen Ehebruch begeht, wenn er jetzt fremdgeht. Es ist also die letzte Gelegenheit. Und wenn es einem dann auch noch so leicht gemacht wird – also ich habe schon Verständnis für den Jungen. Und seine Braut, wenn sie vernünftig ist, sicherlich auch.»

Wir schauten Gesa vorwurfsvoll an. Aber sie zuckte nur gelassen ihre klapprigen Schultern.

«Also wirklich, Fräulein Sonja, jetzt weinen Sie doch nicht schon wieder. So was kommt vor. Der Mann hat sie benutzt. Quasi als letzte Tankstelle vor der Autobahn.»

Ich musste mir Mühe geben, nicht loszuprusten. Sonja hingegen schien der Vergleich mit der Tankstelle nicht besonders aufzumuntern. Dass Henning sie ausgenutzt hatte, kränkte sie, aber die Aussicht, dass es ihr vielleicht nicht mal gelungen war, durch ihren Auftritt seine Ehe zu verhindern, machte sie vollends fertig.

«Ich dachte, dieser Scheißkerl sei in mich verliebt!»

«Der Typ hat Sie ausgetrickst. Hoffentlich hatten Sie wenigstens guten Sex. Möchte noch jemand etwas Käse?»

Das Hausmädchen meldete einen Gast. Es war Robin.

«Guten Morgen allerseits. Annabel, eigentlich bist du an allem schuld.»

Ich habe bis zu diesem Zeitpunkt nicht geahnt, dass man auch mit einer Yacht im Stau stehen kann. Es gibt kein Vor und Zurück, und die Boote der Wasserpolizei umkreisen uns wie Fliegen einen Kuhfladen. Wir haben keine Chance mehr, es pünktlich zu Gesas Haus zu schaffen, wo um acht mein Abschiedsfest beginnen soll. Falls wir überhaupt lebend ankommen – denn wahrscheinlich explodieren wir gleich.

Dabei ist mein Bedarf an Verwicklungen und Dramen für die nächsten Jahre wirklich gedeckt. Ich könnte mich sehr gut morgen in einem kleinen, reetgedeckten Häuschen zur Ruhe setzen, Rosen schneiden und meinen noch zu zeugenden Kindern abends vor dem Kaminfeuer von meiner Vergangenheit erzählen, die seit gestern eine opulente ist.

Robin hatte uns überzeugend dargelegt, dass Sonja sich grundlos vor fremden Leuten ausgezogen hatte. Schuld war meine ausgeprägte Rechts-Links-Schwäche. Wenn einer «rechts» sagt, muss ich erst lange überlegen und erreiche auch dann nur eine fünfzigprozentige Trefferquote. In diesem Fall hatte ich blöderweise daneben gelegen.

Henning hatte links von der Braut gestanden, der Bräutigam rechts. Henning war der Trauzeuge! Einige Gäste hatten nach unserer Abfahrt sogar geklatscht, weil sie dachten, wir seien eine extra für den Abend engagierte Schauspielgruppe. «Ist mal was anderes als immer so blöde Bauchtänzerinnen», hatte einer gerufen. Was wiederum die Braut verärgerte, die zu späterer Stunde als Überraschung eine Bauchtanzeinlage geplant hatte.

Sonja schrie, sie wolle auf der Stelle sterben. So was Peinliches sei ihr im ganzen Leben noch nicht passiert. Und erst nach und nach wurde ihr klar, dass die beschämende Aktion auch eine positive Seite hatte.

«Henning ist gar nicht verheiratet? Dann könnte es ja sein, dass er mich doch liebt?»

Robin nickte.

«Henning wartet in seinem Hotel auf eine Nachricht von dir. Ich fände es allerdings cooler, wenn du ihn persönlich erlösen würdest.»

Sonja ließ sich sofort ein Taxi rufen, und das Angenehme war, dass sie vor lauter Aufregung und Glück vergaß, mir böse zu sein und sich ihr Handy wiedergeben zu lassen.

Robin und ich haben erstmals harmonische Stunden auf der «Lady Harmony» verbracht. Sonnen, schwimmen, plaudern. Einmal fragte ich kokett, ob wir wohl ein gutes Paar hätten werden können. «Wahrscheinlich nicht», fügte ich hinzu und hoffte auf Widerspruch.

«Ja, wahrscheinlich nicht», antwortete Robin. Ich war beleidigt und holte mir aus meiner Tasche was zu lesen. Ich überflog die markierten Stellen. Ich kannte sie längst auswendig:

«... *es ist die Sehnsucht nach Begierde; da packt Ihr die Koffer* ...»

Und wenn man's wirklich tut? Den Koffer packen und der Sehnsucht nachgeben? Macht das glücklicher? Leidenschaft statt Liebe. Und immer gibt es neue Begierden zu stillen. Dann ist man unterwegs für immer. Man sollte bleiben, wenn man das Gefühl hat, angekommen zu sein.

In hohem Bogen schmiss ich das Buch ins Meer. «Ich hoffe, Sie können schwimmen, Herr Frisch», dachte ich und beschloss, meine Fettwaage und die Faltencreme zurückzubringen, wenn ich nach Hause kommen würde. Beide hatten nur Unfrieden in mein Leben gebracht.

«Ich liebe die Einsamkeit auf dem Wasser. Ich finde, das Meer ist die reinste Form der Natur, die es gibt.»

Ich tat so, als würde ich Robins sonnigen Monologen zustimmen und die ursprüngliche Natur genießen. Ich bin kein besonderer Naturfreund. Klar, dass auch ich schon

mal die Grünen gewählt habe und gegen das Waldsterben und für den Erhalt bedrohter Arten bin. Aber ich habe es nicht gern, wenn mir eine bedrohte Art mit vielen haarigen Beinen den Hals entlangkrabbelt, oder wenn ein gesunder Wald Geräusche macht, die mich an den Film «The Blair Witch Project» erinnern.

Im Naturzustand ist mir die Natur eher unheimlich. Ich schaue sie mir lieber in Bildbänden an oder aus Ausflugsbussen heraus. Wenn ich zum Beispiel im Meer schwimme, fürchte ich mich immer vor Haien und Tiefseekraken, selbst am Timmendorfer Strand. Lieber nehme ich im Freibad Chlor und Kinderpipi in Kauf. Da muss man sich nicht fürchten, hochgefährliche Kreaturen zu entdecken, für die Biologen vermutlich noch gar keinen Namen haben. Gut, im Freibad ist der Anblick von dicken Beinen nicht schön. Es sieht aus wie in einem

Glas mit eingelegten Gurken. Aber Gurken tun einem wenigstens nichts.

Ich schätze die Natur in aufbereiteter Form. Ich mag auch keine Speisen, denen man ansieht, dass sie vor kurzem noch gelebt haben. Deshalb esse ich sehr gern Paniertes und Toastbrot mit Nutella. Auf einem Bauernhof in Ungarn wurde mir einmal eine landestypische Hühnersuppe vorgesetzt. Über einen Mangel an Appetit kann ich eigentlich nie klagen, aber ich musste trocken schlucken, als ich aus den Tiefen der undurchsichtigen Suppe eine komplette Hühnerkralle hervorzog.

Einsamkeit schätze ich auch nicht besonders. Ich wundere mich, was Leute so toll daran finden, da zu sein, wo sonst keiner ist. Es wird schon einen Grund haben, dass es einsame Gegenden sind. Ich gehe davon aus, dass die sehenswerten Regionen dieser Welt mittlerweile touristisch erschlossen sind. So, wie zum Beispiel Camp de Mar auf Mallorca, wo Claudia Schiffer wohnt. Deren Anwesen habe ich mir mal mit dem Fernglas angeschaut.

Bei aller Bescheidenheit hatte ich mir auch für mich immer vorstellen können, berühmt zu werden. Nun gut, eine Karriere als Supermodel wäre nur dann ernsthaft in Frage gekommen, wenn ich mit zwölf Jahren aufgehört hätte zu essen. Aber ich konnte mir immer gut vorstellen, Autogramme zu geben, auf der Straße ergriffen angestarrt zu werden und in vornehmen Restaurants auch ohne Reservierung den besten Tisch zu bekommen. Aber ich fürchte, den Zug habe ich verpasst. Was mir jedoch noch offen steht, ist, durch die Bekanntschaft mit einem Berühmten berühmt zu werden. Gut, das ist zwar Ruhm zweiter Klasse, aber damit würde ich mich zufrieden geben. Irgendwann muss George Clooney ja mal heiraten.

Unter keinen Umständen hingegen würde ich Harald Schmidt heiraten. Auch wenn das hart klingt: Der braucht mich gar nicht erst zu fragen! Der Mann legt so unpassend viel Wert auf sein Privatleben. Wie soll man denn da als Gattin neben ihm auffallen? Wie Chopard-Juwelen für Galaabende geliehen bekommen? Wie die Herren Dolce und Gabbana als Ausstatter gewinnen? Wie einen Plattenvertrag angeboten bekommen, ohne je einen Ton gesungen zu haben?

Der Schmidt, der geht ja fast nie zu Partys, der verklagt Paparazzi. Womöglich würde er es seiner Partnerin auch nicht gestatten, sich für den «Playboy» total niveauvoll zu entkleiden. Es ist mir ein Rätsel, warum sich eine moderne Frau eine derartig patriarchalische Gängelei heutzutage noch gefallen lässt. Dasselbe gilt übrigens für die Gemahlin von Joschka Fischer. Eine arme Kreatur, die in seinem Schatten friert.

Vorbildlich hingegen sind die Herren Bohlen und Lauterbach, die immer dafür sorgen, dass ihre Lebensgefährtinnen entweder Kinder oder eine eigene Fernsehsendung bekommen.

Wir waren mit der «Lady Harmony» fast schon wieder in Andratx, als ein Hubschrauber über uns auftauchte und wir per Lautsprecher aufgefordert wurden, zu stoppen.

Robin, ein Drogenschmuggler? Ein international gesuchter Heiratsschwindler? In meinem Leben musste ich mittlerweile auf alles gefasst sein.

Robin erhielt über Funk Anweisungen.

«Was ist denn los?»

«Hier soll irgendwo eine Seemine aus dem Zweiten Weltkrieg im Wasser treiben. Es kommen Spezialisten der Marine. Bis dahin ist der Hafen gesperrt.»

Was für ein durch und durch unangenehmes Gefühl: In einem Boot zu sitzen, das jede Sekunde von einer Mine zerfetzt werden kann. Ich war heilfroh, dass ich noch Wichtiges zu tun hatte, mit dem ich mich ablenken konnte.

Ein Frau, die sich in Gefahr befindet, sollte vor allem gut angezogen sein. Ich packte mein Abendkleid für die Party aus: schwarz, knielang und leicht tailliert. Dazu würde ich rote Sandalen mit hohen Absätzen tragen, um meine manikürten Füße zur Geltung zu bringen. Ein ganz ungewohntes Gefühl für mich, mich nicht für meine Zehen schämen zu müssen. Wobei ich zugeben musste, dass sie, so braun wie jetzt, ein bisschen aussahen wie Cocktailwürstchen.

Warum?

Warum immer ich?

Es ist doch wirklich schon belastend genug, dass ich mich auf einem schwankenden Boot umziehen muss, das sich in unmittelbarer Umgebung einer gefährlichen Seemine befindet. Und jetzt auch noch das!

Ich betrachte mich im Spiegel und könnte heulen. Ich sehe aus wie ein Elefant im Abendkleid eines Hamsters. Mein Kleid, mein wunderschönes Kleid, das ich vergangenes Jahr im Sommerschlussverkauf erbeutet hatte, passt mir nicht mehr. Ich musste einfach verdrängt haben, dass ich es das letzte Mal im Herbst trug, als ich noch dreißig Zigaretten am Tag rauchte und Menschen verachtete, deren Oberschenkel beim Gehen aneinander reiben. Meine Taille war kurz nach Weihnachten so plötzlich verschwunden, dass ich keine Gelegenheit hatte, mich von

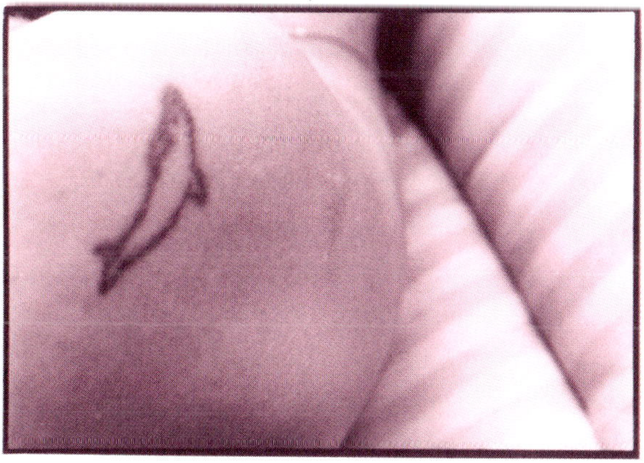

ihr zu verabschieden. Ich stand eines Morgens auf – und sie war fort. Und ich sah aus wie eine Litfasssäule.

Und ich hatte auch verdrängt, dass mein Tattoo – ein kleiner Delphin auf der rechten Pobacke – im letzten halben Jahr mit mir auseinander gegangen und zu einem Pottwal herangewachsen war.

Schon der Delphin war übrigens kein Meisterwerk. Verliebt, ich weiß allerdings nicht mehr in wen, und schon ziemlich betrunken waren wir in ein Tattoostudio auf der Reeperbahn getorkelt. Zum Beweis unserer Liebe, sie hatte erst vor einer halben Stunde begonnen, wollten wir uns beide einen Delphin mit Sonnenuntergang auf die Hinterbacke tätowieren lassen. Nach den ersten Stichen war ich wieder nüchtern genug, um zu bemerken, dass mein Tätowierer offenbar ein Lehrling war, der seine Lehre noch gar nicht begonnen hatte. Als er zum siebten Mal «Ups» sagte, bat ich ihn, auf den Sonnenuntergang zu verzichten.

Den Typen, in den ich so verliebt war, würde ich heute nur wiedererkennen, wenn er keine Hose anhätte.

Noch niemals habe ich es so sehr bereut wie jetzt, mit dem Rauchen aufgehört zu haben. Wie soll ich bloß auf meiner Abschiedsparty erscheinen? Mit geblümten Shorts und Bikinioberteil? Könnte es sein, dass es in den vielen Schränken unter Deck was Anziehbares gibt?

«Robin, ich habe ein Problem.»

«Keine Angst, die Marinetaucher sind schon da. Gleich müsste das hier vorbei sein.»

«Das ist es nicht. Ich habe nichts anzuziehen.»

Robin schaut mich an, als hätte ich etwas Sonderbares gesagt.

«Ich habe noch keine Frau gekannt, die diesen Satz nicht gesagt hat. Aber ich habe auch noch keine Frau gekannt, die diesen Satz in so einer Situation sagt. Du kannst dich aus den Schränken bedienen. Der Alte hat allerdings in vierter Ehe eine Frau geheiratet, die Anfang zwanzig ist und etwas, äh, kleiner als du. Da müssten aber auch noch Klamotten von der dritten Frau hängen. Die könnten dir passen.»

Das Geheimnis reicher Frauen habe ich gelüftet. Die sind gar nicht so schlank. Die können sich bloß Kleider leisten, die so gut geschnitten sind, dass sie spielend zwei, drei Kilo wegmogeln. Ich schaue mich im Spiegel an und sehe eine Frau mit Idealgewicht. Es hatte gedauert, was Passendes zu finden. Es war unfassbar: Ich stieß auf Röcke, die kleiner waren als die Taschentücher, die ich benutze. Ich sah Hosen, aus denen ich Fingerpuppen hätte basteln können. Diese junge Frau von dem Yachtbesitzer, was war die? Ein Embryo?

Die Anzüge des Alten hingegen waren so groß wie ein Familienschlafsack. Ich habe mich schon manches Mal gefragt, warum diese alten, dicken Männer sich nicht schämen, wenn sie mit jungen, dünnen Frauen ins Bett gehen. Haben die nicht ständig Angst, was kaputtzumachen?

Dieses Kleid ist wie für mich gemacht. Endlich die Garderobe, die zu meiner Hamburger Einkaufstüte passt! Endlich ich in Gucci! Mein Busen sieht aus, als wäre er groß, meine Oberschenkel sehen aus, als seien sie schmal, und mein Po wirkt knackig. Ein champagnerfarbenes Unterkleid mit eingebautem Push-up-BH und verstärkter

Taille macht aus mir eine perfekt gerundete Frau. Dieses Kleid werde ich mein Lebtag nicht wieder ausziehen!

Ein kleiner Ratschlag an dieser Stelle: Nur figurformende Unterwäsche formt die Figur. Ich habe alles versucht: Straffende Körpergels, die ich schließlich fürs Hairstyling verwendet habe, Noppenbürsten, Kaltwassergüsse, regelmäßige Zupfmassagen – alles umsonst. Ich habe mir sogar eine Anti-Orangenhaut-Maschine gekauft. Ein bösartiges Gerät, das sich so verbissen an meinem Oberschenkel festsaugte, dass ich vor Schmerzen schrie und nach der Behandlung nicht nur Orangenhaut hatte, sondern auch noch ein paar hässliche blaue Flecken.

«Schau dir das an!! Sie holen das Ding jetzt aus dem Wasser!» Die Seemine habe ich bei meinem Anblick ganz vergessen. Ich schreite gemessenen Schrittes, so wie wir Frauen eben gehen, die sich ein mit schwarzen Perlen verziertes Gucci-Kleid leisten können, zum Bug. Das gefährliche Objekt wird gerade aus dem Wasser gehoben. Vielleicht hat der ein oder andere die Meldung in der «Bild»-Zeitung noch vor Augen: «Der dümmste Deutsche: Ein Mallorca-Urlauber hielt ein mit Wasser gefülltes Kondom für eine Seemine!»

«Warum rufst du deinen Freund nicht einfach an?»

Robin und ich fahren vom Yachthafen zu Tante Gesas Haus.

«Na, komm schon. Ruf ihn an und sag ihm, dass du einen Fehler gemacht hast. Und sag ihm auch, dass du morgen zurückkommst und dich sehr auf den Abend mit ihm freust.»

«Und wenn er sich schon für Sonja entschieden hat?»

«Viel unglücklicher als jetzt kannst du nicht mehr werden. Und irgendwann musst du dich ohnehin der Wahrheit stellen.»

«Bevor ich ihm sage, dass ich ihn liebe, möchte ich aber erst wissen, ob er mich noch liebt.»

Ich lasse das Taxi bei «Don Giovanni» halten, weil ich schnell aufs Klo will. Ich möchte nicht als Letzte auf meiner eigenen Party erscheinen und dann gleich als Erstes auf die Toilette verschwinden. Es ist dunkel geworden, und viele Häuser auf den Hügeln sind beleuchtet. Es sieht aus, als hätte jemand die Landschaft mit endlosen Lichterketten dekoriert. Paare schlendern am Hafen entlang, und manchen kann man ansehen, dass sie gehofft haben, im Urlaub ihre Liebe wiederzufinden. Und man kann ihnen ansehen, dass es nicht gelungen ist. Andere halten Händchen und sehen glücklich aus, weil sie ihre Liebe schon von zu Hause mitgebracht haben.

Bei «Don Giovanni» sind draußen alle Tische besetzt. Die Damen tragen ärmellose Kleider, um zu zeigen, wie braun sie geworden sind und was man mit gezieltem Hanteltraining alles erreichen kann. Ein junger Mann, vielleicht Ende zwanzig, nimmt das Gesicht seiner Freundin in seine Hände. Als wolle er ihr einen Heiratsantrag machen. Er hat den besten Tisch bekommen, erste Reihe Mitte. Vielleicht plant er diesen Abend seit Wochen. Er sieht nicht sehr hübsch aus. Moppelig, würde Tante Gesa sagen. Mit einem Kinn, das auf der Flucht ist, und einem ordentlichen Sonnenbrand im Gesicht.

Sie sieht auch nicht besonders gut aus, etwas pausbäckig und mit einer Stupsnase, die wie eine Steckdose aussieht. Er aber schaut sie an, als sei sie Miss World, und ich wünsche ihm, dass sie ja sagt. Jeder Gully findet seinen Deckel, habe ich früher, als ich noch jung und glücklich war, gerne gescherzt.

Ich finde, Leute, die sich lieben, sind immer schön. Egal, ob sie dick und runzelig sind. Es fällt gar nicht mehr auf, wie jemand ausschaut, wenn er einen anderen von Herzen anschaut. Ich glaube, in diesem Sinne waren Ben und ich auch ein schönes Paar. Aber jetzt? Bin ich überhaupt noch Teil eines Paares? Ich könnte verrückt werden. Und wie soll ich bloß diese Party überstehen? Ich wähle seine Nummer.

«Dies ist die Mobilbox von Benedikt Cramer. Bitte hinterlassen Sie eine Nachricht, und ich rufe so bald wie möglich zurück. Vielen Dank.»

Und ich rede los. Ohne nachzudenken. Wenn er mich verlassen will, dann soll er ruhig wissen, dass ich ihn nicht verlassen wollte. Ich wollte doch nur mal so tun als ob. Ich dumme Nuss.

«Endlich, da bist du ja! Verehrte Gäste, liebe Freunde, das ist meine bezaubernde Nichte Annabel!»

Ich fühle mich auf den Stufen zur Terrasse wie auf einer Showtreppe. Wäre ich blond gelockt, ich käme mir vor wie Thomas Gottschalk, wenn er zu den Klängen der Eurovisionshymne in die Stadthalle von Wilhelmshaven kommt. Hunderte Fackeln und Kerzen erleuchten den Garten, und die Unterwasserstrahler lassen den Pool wie einen hellblauen Diamanten aussehen. Es duftet nach gegrillten Gambas und Knoblauch, Kellner im weißen Sakko schenken Wein und Champagner aus. Ich kenne so was nur aus Filmen, in denen der Hauptdarsteller adelig ist und sich gegen den Willen seiner Familie in das Mädchen verliebt, welches das Catering bei seiner Hochzeit mit der schwerreichen Industriellentochter organisiert. Ach, ich wünschte, ich wäre glücklich. Dann wäre ich jetzt glücklicher denn je.

Ich sehe Robin im Gespräch mit einem älteren Herrn, der sehr dick ist und ein Jackett trägt, das so über alle Maßen hässlich ist, dass es mich sofort an meinen Therapeuten erinnert.

Nun muss man mir zugute halten, dass ich nicht besonders lange in Therapie war. Genau genommen war es eine Paartherapie, und sie dauerte exakt eine Sitzung lang, also fünfundvierzig Minuten.

Ich hatte gerade ein Buch aus dem Englischen übersetzt mit dem Titel «Neurotisch sind wir alle». Der Autor erklärte darin sehr eindrücklich, warum es in einer überreizten Gesellschaft wie unserer für jedermann eine Selbstverständlichkeit sein sollte, einen Therapeuten zu haben. Besonders therapiebedürftig, so stand da geschrieben, seien «Menschen, die annehmen, sie hätten keine Therapie nötig. Sie stehen bereits wenige Schritte vor dem Abgrund. Es ist wichtig, dass Angehörige in diesem Fall unauffällige Maßnahmen ergreifen, um den Kranken sanft zu einer Behandlung zu bewegen.»

Natürlich war ich sofort alarmiert. Ich hatte ja schon immer vermutet, dass Ben nur deshalb so wenige Probleme hatte, weil er sie verdrängte. Mir war es von Anfang an suspekt, dass er behauptete, meine Sorgen seien eigentlich seine einzigen. Ich ergriff also unauffällige Maßnahmen und schenkte ihm zum Nikolaus einen selbst gebastelten Gutschein über eine Dreiviertelstunde Paartherapie. Er tat nicht mal so, als würde er sich freuen. Letztendlich konnte ich ihn nur zu dem Besuch überreden, indem ich behauptete, ich würde für mich selbst eine Behandlung in Erwägung ziehen, und es sei mir wichtig, dass er den Therapeuten auch kennen lernt.

«Warum willst du denn in Therapie, Belle?»

«Ach, weißt du, so wegen allem.»

«Na ja, tut dir vielleicht wirklich mal ganz gut.»

Man kann sich unschwer vorstellen, dass ich mich kurz vor der Explosion befand. Ich nahm mich nur deshalb zusammen, weil ich wusste, ich hatte es mit einem kranken Menschen zu tun, der dicht vor dem Abgrund stand.

Die fünfundvierzig Minuten waren eine einzige Katastrophe. Schon im Wartezimmer nölte Ben rum, warum es hier keine anständigen Zeitschriften gäbe, sondern nur so was wie «Psychologie heute» und Bücher mit Luftaufnahmen von Hamburg.

Als uns Dr. Roman Beier im Behandlungszimmer begrüßte, sagte Benedikt Cramer eigentlich so gut wie gar nichts mehr. Zugegeben, ich war auch irritiert. Dr. Beier trug, obschon er mir von einer ernst zu nehmenden Bekannten empfohlen worden war, ein Sakko mit großen grünen Karos auf senfgelbem Fond. Ich wüsste gar nicht, wo man so was legal kaufen kann. Hemd und Hose waren schlammfarben, und seine Füße steckten in Gesundheitssandalen, die freie Sicht gewährten auf nackte, mit dunklen Haaren üppig bebüschelte Zehen.

Es war nicht so, dass er keinen Wert auf seine Kleidung legte, nein, dieses Ensemble musste er akribisch zusammengestellt haben. Er selbst schien sich recht gut zu gefallen, was sich nicht zuletzt darin kundtat, dass er einen großen Spiegel aufgehängt hatte, der ihm erlaubte, sich selber darin zu sehen. Im Grunde therapierte Dr. Beier sich selbst. Aber als wir ihn verließen, hatte ich nicht den Eindruck, dass auch nur einer von uns dreien einen Schritt weitergekommen war. Er hatte Ben bereits nach zehn Minuten eine gefährliche Aversion gegen Problemgespräche attestiert. Aber wer von uns will denn einen Mann haben, der keine gefährliche Aversion gegen Problemgespräche hat?

Mich hielt Dr. Beier für absolut selbstreferenziell und egoman. Ach was? Ich zahle doch keine fünfundsiebzig Euro, bloß damit mir einer sagt, was ich längst weiß. Und was ich eigentlich nicht mal besonders schlimm finde. Ich bin gerne egoman.

Ben und ich waren uns einig, dass wir nie wieder in Therapie gehen, und das hat uns, möchte ich sagen, irgendwie noch mehr zusammengeschweißt.

«Liebe Annabel, dies ist der Mann, der nicht rechts von der Braut stand, sondern links.»

Strahlend und Arm in Arm mit Henning steht Sonja vor mir. Der Mann wirkt ein wenig reserviert, aber ich kann ihm seine Skepsis nicht verdenken. Schließlich bin ich mittelbar dafür verantwortlich, dass nun alle seine Kumpels glauben, Sonja habe in der ersten Nacht mit ihm ihren Orgasmus nur vorgetäuscht. Ich sehe allerdings auf die Schnelle keine Möglichkeit, diesen Fauxpas wieder gutzumachen. Nebenbei bemerkt: Ich würde hundert Euro wetten, dass Sonja ihren Orgasmus tatsächlich nur vorgetäuscht hat. Es ist jetzt vielleicht nicht der günstigste Moment, sie danach zu fragen, aber meiner privaten

Statistik nach sind bei sexuellen Erstkontakten fünfundachtzig Prozent der weiblichen Höhepunkte vorgetäuscht. Schließlich will man doch, dass die Nacht nicht ewig dauert und der Partner einen in guter Erinnerung behält.

«Henning, wie schön, dass Sie hier sind. Mir tut das alles wahnsinnig Leid, und ich weiß wirklich nicht, wie ich meinen blöden Fehler wieder gutmachen kann.»

«Aber ich. Duzen Sie mich. Und werde meine Trauzeugin, wenn ich schon sehr bald wirklich heirate.»

«Sie wollen, du willst …?»

«Henning hat mir heute Nachmittag einen Antrag gemacht. Ist das nicht der Wahnsinn? Und eigentlich ist alles deine Schuld.»

Henning übernimmt es, mir den Sachverhalt zu erklären, geduldig, sehr langsam, als hätte er es mit einer Vollidiotin zu tun.

«Sonjas Auftritt hat mich völlig umgehauen. Ich hatte ihren Cuba Libre im Gesicht, alle lachten, und mir wurde auf einmal völlig klar, dass ich genau so eine Frau immer haben wollte. Eine, die mutig ist und sich nichts gefallen lässt. Die ihre Gefühle zeigt und Stolz besitzt. Und die den schönsten Rücken hat, den ich jemals gesehen habe.»

Ich lächelte tapfer. Das hat mir gerade noch gefehlt: ich als Sonjas Trauzeugin! Womit habe ich diese Schmach verdient? Ich wette, dass irgendwo in der himmlischen Abteilung für die Zuteilung kurioser Schicksalsschläge gerade drei Typen sitzen, die sich höllisch kaputtlachen und auf die Schenkel schlagen. Ich bin todunglücklich. Wenn ich nicht aufpasse, bin ich bald die Einzige, die ich kenne, die unverheiratet ist. Schlimme Sache. Gut, Mona ist zurzeit Single. Aber an Sonjas abschreckendem Beispiel kann man ja sehen, wie schnell sich so was ändern kann.

Sonja und Henning küssen sich. Beleuchtet von Fackeln und Kerzen sehen sie aus wie der Schlusssequenz einer Rosamunde Pilcher-Verfilmung entsprungen. Oder als machten sie Werbung für Rafaello, den locker-leichten Genuss ganz ohne Schokolade.

Ich habe eine Horrorphantasie: Ich komme nach Hamburg zurück und habe nichts anderes zu berichten, als dass ich in sieben Tagen meine Beziehung ruiniert habe und miterleben musste, wie meine übelste Konkurrentin die Insel als Braut verließ und meine steinalte Tante die Liebe ihres Lebens fand. Nicht, dass ich ihr das Glück nicht gönne – Tante Gesa, meine ich.

Sonja hingegen gönne ich überhaupt nichts. Und wenn ich ehrlich bin, hoffe ich immer noch heimlich, dass sich Henning als bisexueller, polygamer Volltrottel mit gewürzgürkchengroßem Genital erweist. Aber so wie es aussieht, werde ich Mallorca als Verliererin auf ganzer Linie verlassen. Wäre ich Politikerin, ich müsste von meinem Leben zurücktreten: Wahlversprechen nicht gehalten!

Aber ich reiße mich zusammen. Ich bin hier der Ehrengast und muss mich meiner Funktion und Frisur würdig erweisen.

Eine Hand legt sich von hinten auf meine Schultern. Als ich mich umdrehe, liegen meine Nerven blank. Ich könnte mich jetzt gut ins Bett legen und erst dann wieder aufwachen, wenn ich verheiratet bin, ein Haus und zwei Kinder, einen Labrador und einen begehbaren Kleiderschrank habe. Vor mir steht Tante Gesa und hält an der rechten

Hand den dicken Mann mit dem unsäglichen Therapeuten-Sakko.

«Hermann, das ist meine Nichte Annabel. Annabel, das ist der alte Schnarchsack, der mein Herz erobert hat!»

Der Dicke lacht dröhnend und gutmütig und drückt mich herzlich an sich.

«Mädschen, isch freue misch ehrlisch, disch endlisch

kennen zu lernen. Dein Kleid is' spitze. Isch jlaube, eine von meinen Frauen hatte mal wat Ähnlisches.»

«Kein Wunder, dass du bei deinen ganzen Ehen langsam den Überblick verlierst. Immerhin, dass du mal eine Frau mit Kleidergröße über vierunddreißig hattest, spricht wirklich für dich.»

«Jesa, Liebelein, das musst du jerade sagen. Du bist doch selbs so mager, als wärste schon vor langer Zeit jestorben.»

Hermann nimmt Gesa so innig in die Arme, dass ich mich frage, ob sie diese Form der Zärtlichkeit ohne Rippenquetschungen überstehen wird. Aber sie taucht unversehrt wieder auf, drückt mir einen Kuss auf die Wange und befiehlt mir, mich zu amüsieren. Ich schaue den beiden nach. Dem alten jungen Liebespaar. Wie schön, dass sie den gleichen Sinn für Humor haben, auch wenn es sich um einen recht seltsamen handelt. Hauptsache ist doch, man kann zusammen lachen, worüber ist fast schon egal. Als die beiden auch noch anfangen, wie die Teenager zu knutschen, drehe ich mich verschämt weg. Diese ganze verdammte Welt scheint voller Liebespaare zu sein.

Mir fällt ein, dass Mona mir eigentlich eine SMS schicken wollte. Mit ihrer Ansicht über Routine und Abenteuer, lange Liebe und kurze Versuchung.

Mein Handy zeigt eine neue SMS an. Ich muss lachen und weinen. Mona hat Recht. Natürlich hat sie Recht. Und natürlich wusste ich das von Anfang an. Aber manchmal muss eine Frau verdrängen, was sie weiß. Wie sollte sie sonst jemals voller Stolz sagen können: «Ich kann mich zwischen zwei Männern nicht entscheiden.»

Das war gelogen gewesen. Und alle hatten mir geglaubt. Mich eingeschlossen. Ich lese nochmal Monas SMS:

«Neue Besen kehren gut. Aber die alte Bürste kennt die Ecken …»

Ich drücke auf «Text löschen» und versuche, nicht ganz so schlecht auszusehen, wie ich mich fühle.

Robin hält mir ein Glas Champagner hin. «Dir geht's nicht gut, oder?» Ich nicke und kämpfe mit den Tränen. Ich kann ganz gut so tun, als fehle mir nichts, aber wenn einer ein bisschen bohrt, brechen alle Dämme. Ich schniefe.

«Alle sind glücklich. Das ist so ungerecht!»

Ich weiß selbst, dass das albern klingt. Aber es gibt Momente im Leben unglücklicher Frauen, da ist ihnen das schlicht und ergreifend total egal. Im Übrigen habe ich mit Robin schon so viel erlebt, dass man auch ruhig mal albern sein darf. Wir waren verliebt, haben uns geküsst, sind Freunde geworden und wurden von einem Kondom bedroht. So was schweißt zusammen.

«Sei nicht albern.»

Er streicht mir über den Kopf.

«Du bist ein tolles Mädchen. Dein Typ muss ein kompletter Trottel sein, wenn er dich wegen Sonja verlässt.»

Er wischt mir eine Träne aus dem Gesicht.

«Und ich wollte dir noch etwas sagen, bevor das alles hier vorbei ist. Ich glaube, dass wir ein sehr gutes Paar geworden wären.»

Robin gibt mir einen ganz kleinen Kuss. Und es wird mir für immer Leid tun, dass er ausgerechnet in diesem Moment Opfer einer Gewalttat wird.

## «Für wen hältst du mich eigentlich?»

Ich begreife überhaupt nicht, was da gerade passiert. In Erwartung von Robins Kuss habe ich meine Augen geschlossen. Als ich sie wieder öffne, sehe ich eine Faust an mir vorbeifliegen, die auf Robins Kinn prallt. Was sich da vor meinen Augen abspielt, ist so unverständlich, dass ich bloß zuschauen kann – in der Hoffnung, dass mein Gehirn irgendwann seine Arbeit wieder aufnimmt und mir die dazugehörigen Schlussfolgerungen nachliefert.

Ich sehe zwei Männer, die vor mir auf dem Boden herumrollen und versuchen, sich so zu hauen, wie sie es wohl aus Westernfilmen kennen. Offenbar sind beide nicht im Nahkampf ausgebildet. Die Angelegenheit sieht eher befremdlich als bedrohlich aus.

Die Gäste laufen herbei und sind begeistert.

«Das möchte ich auch mal, dass sich zwei Männer um mich prügeln. Ein Traum.»

Das war Cora. Und dann höre ich Sonja:

«Sag mal, Annabel, das kann doch nicht sein, dass es hier um dich geht!»

Und dann höre ich ein lautes Platschen, weil die Kämpfenden in den Pool stürzen. Ich begreife endlich, was hier geschieht – und springe hinterher.

Ich hätte nicht gedacht, dass ein paillettenbesetztes Gucci-Kleid so wenig robust ist. Ich finde, für das Geld sollte ein spontanes Bad und die passive Teilnahme an einer

Prügelei möglich sein, ohne dass sich das Kleidungsstück praktisch in nichts auflöst.

Doch schon in den ersten Sekunden im Wasser spüre ich, dass der Zersetzungsprozess beginnt. Aber darauf kann ich jetzt keine Rücksicht nehmen. Ich umklammere von hinten Bens Schultern und gebe Robin so die Gelegenheit zu fliehen.

«Sag mal, spinnst du, Ben?»

Wir stehen uns gegenüber. Ihm reicht das Wasser bis zur Brust, mir bis zum Hals. Ich kann mir denken, dass ich keine sonderlich gute Figur mache.

«Du knutschst hier mit einem Typen rum und machst mir Vorwürfe?»

Ben ist augenscheinlich aufgebracht. Sehr schmeichelhaft! Ihm scheint noch was an mir zu liegen. Vielleicht ist er aber auch nur gekränkt, dass ich ihn betrogen habe, bevor er mich offiziell verlässt. Die männliche Logik ist in solchen Fällen abstrus und mit nichts zu vergleichen. Außer vielleicht mit der weiblichen Logik in solchen Fällen.

«Du hast doch damit angefangen und letzte Woche mit Sonja geknutscht! Und morgen seid ihr verabredet. Ich weiß alles. Du brauchst mich nicht anzulügen!»

Um meiner Wut Ausdruck zu verleihen, stemme ich meine Arme in die Hüften was unter Wasser leider nicht zu sehen ist.

«Mit wem? Was für ein Blödsinn ist das denn? Die hat mir einen Abschiedskuss gegeben, mehr nicht. Da kann ich doch nichts dafür. Und woher weißt du das überhaupt?»

Ich schweige und versuche trotz des ungünstigen Wasserstandes abweisend und würdevoll auszusehen. Ab und an schwappt mir eine kleine Welle in den Mund. Um mich herum steigen die ersten Pailletten an die Oberfläche.

«Ich habe ihr natürlich abgesagt, verdammt nochmal! Glaubst du etwa, ich interessiere mich für diese streichholzdünne Kosmetik-Else, die zu blöd ist, ihren Computer einzuschalten? Für wen hältst du mich eigentlich?»

Ich höre Sonjas gereizte Stimme vom Beckenrand.

«Das ist kein Grund, persönlich zu werden, Benedikt Cramer! Und im Übrigen bin ich so gut wie verheiratet!»

Henning hält sie davon ab, sich wutentbrannt zu uns in den Pool zu stürzen. Cora winkt mir zu, Gesa hopst um den Pool herum und macht Fotos. Und Benni sieht so aus, als würde es ihn noch Jahre kosten, die augenblickliche Situation zu verarbeiten.

«Du hast ihr abgesagt? Das kann ja gar nicht sein. Ich habe doch die ganze Zeit ihr Handy überwacht. Da gab's keine SMS von dir.»

«Weil ich ihr im Büro aufs Band gesprochen habe. Du hast ihr Handy überwacht? Was ist hier eigentlich los?»

Ja, was ist hier eigentlich los? Soll ich jetzt von Max Frisch und meiner Fettwaage anfangen? Wie soll ich das in wenigen Sätzen erklären?

«Wie bist du überhaupt hierher gekommen?»

«Mit dem Flugzeug natürlich.»

«Du bist geflogen? Warum …»

«Ich wollte dich nach Hause holen.»

«Du wolltest …?»

«Ich habe keine Ahnung, warum du überhaupt weggegangen bist. Aber es gefällt mir nicht ohne dich, so viel ist schon mal sicher. Und eines sage ich dir: Das Flugzeug, in dem ich saß, wäre beinahe abgestürzt. Wenn du nochmal abhaust, dann bleib gefälligst auf dem Kontinent.»

Wir küssen uns, und die Leute klatschen, und ich höre meine Tante Gesa überwältigt rufen:

«Das Kind kommt ganz nach mir!»

Um Benni und mich schwimmen Pailletten. Und viele kleine, durchweichte Papiertüten. Tüten mit Parmesankäse. Eine nach der anderen taucht aus Bens Sakkotaschen auf und schwimmt auf dem Wasser. Ich bin so gerührt. Er muss die gesamten Mirácoli-Vorräte eines Supermarktes geplündert haben.

Und dann stellt mir Benni – fast möchte ich sagen: Superbenni – die Frage aller Fragen.

Die Frage, die jede Frau in ihrem Leben mindestens einmal hören möchte.

Und ich weiß, dass ich «JA!» sagen und ihn fortan für immer lieben würde.

Benedikt Cramer schaut mir in die Augen und fragt:

«Hast du abgenommen?»

## Vielen Dank ...

Inga und Peter für den schönsten Schreibtisch der Welt!

Kerstin und David für Eure Freundschaft, für Super-Soaker und Reisekoffer und vieles mehr!

Britta für Deinen Anruf und Dein Vertrauen!

Hannes für einen guten Namen und die richtige Musik!

Gabo für den Pottwal und Deine Begeisterung!

Oliver fürs Reden!

Frank fürs Zuhören!

Bianca für Dein Bett, viele tolle Geschichten und dass Du meine Freundin bist!

Dagmar für Dein großes Herz für klare Worte!

Zoltán a barátságért és a csokoladéért!

Michael für Michael!

Udo für deine Ehrlichkeit bezüglich meines Deckhaares!

Nina und Christoph für Gespräche, bei denen das Mitschreiben lohnt!

Susanne für alles!